INSTANTES DE DENTRO

HELENA CUNHA DI CIERO

INSTANTES DE DENTRO

Para Daniel, Francisco, Ana Chiara,
Maria Eugenia e Paschoal,
todos os meus instantes são para vocês.

nota da autora

Pronto, assim a gente começa.
De um ponto, vira uma peça.

Instantes de dentro começou há dez anos como um *blog*. Com o tempo, virou um perfil no Instagram, que reunia algumas de minhas crônicas, poemas e reflexões. Aos poucos, fui percebendo a necessidade de um lugar físico que acolhesse meus escritos, e com a querida Debora Guterman e a Tainã Bispo, esse sonho ganhou um corpo, como um desenho no papel que ganha vida.

Talvez esse livro possa ser mesmo descrito como um desenho do meu coração, onde estão costuradas minhas elaborações, perdas e memórias, os livros que me marcaram, as canções que cantarolo silenciosamente e os poemas que levo sempre no bolso — de tal maneira que nunca estou realmente só. Por isso, alguns títulos de capítulos foram livremente inspirados em livros e filmes, outros em músicas e outros em histórias de pessoas que já não estão mais entre nós.

Instantes de dentro são, portanto, os habitantes dos lugares mais genuínos e preciosos da minha alma, são meus companheiros de jornada; e as palavras são os veículos desses instantes.

O livro está dividido em duas partes: "Achados de gaveta" é um compilado de textos já publicados e "Temporada do adeus" revela o percurso de elaboração de um luto muito significativo. Não penso que me exponho quando escrevo, pois o que tenho em mim guardado, ao virar palavra, já está transformado.

APRESENTAÇÃO

andorinha

Não é a gente que acha o poema.
Ele nos persegue como uma luz no canto da sala.
Domina um pensamento de um jeito suave.
Como um beijo de boa noite de mãe
Quando se está quase adormecendo
Estampa a pele
Estala no coração.
E se aloja no peito feito andorinha.
Vira uma asa saindo de dentro para fora
E então passeia pelo universo suave
ao se transformar em letra.
Como a melodia de uma canção
que não para de tocar.
Quem tem poesia no peito
vê a vida de outro jeito:
Aprende a contemplar.
Na alegria e na tristeza,
Na saúde e na doença.
Amando com esperança
Cada instante que está para chegar.

sumário

achados de gaveta

15 Mrs. Dalloway ou a menina dos cravos
18 A nossa humanidade
21 Sobre a teimosia da luz
23 Acabou chorare
26 O caso do vestido
29 Minha alma cativa
36 Any given Thursday
39 Uma carta sem palavra
42 Aurora
47 Blackbird
50 Criptonita
54 Escrevo porque não me caibo
55 Uma primavera chamada esquecimento
57 Essa tal maternidade
60 Está chovendo gelo outra vez
63 Extremamente alto, incrivelmente perto
68 Farfalle
70 Faz de conta que hoje é Natal
72 Três feriados, três finados
78 Invasões bárbaras
79 Le chat domestique
81 O céu de Ícaro tem mais poesia que o de Galileu
85 Metamorfose ambulante
87 No hay banda
91 Normal People (De perto e amando ninguém é normal)
93 Nos deram espelhos e vimos um mundo doente

96 O caso do casaco bege da pessoa mais colorida que eu já conheci
98 Numa terceira margem do rio
101 O que será que me dá?
104 Pequenos eventos
107 Tudo raia
110 Primavera
112 Protect me from what I want
115 Teimosia
116 Quando deixei de te amar
118 Quero de novo cantar
121 Rumo a Ítaca
124 Sobre os pequenos encantos
126 Saudade favorita
129 Sentimento de lágrima
131 Sobre ser mãe, sobre ser forte
137 So long, farewell

temporada do adeus

141 Fragmentos de uma despedida
142 Después de todo no somos tan diferentes
143 Mais um dia
145 Parecia um balé
147 O som da terra caindo
151 Sobre a sobrevivência dos objetos
153 Sublimação
155 Cronômetro

ACHADOS DE GAVETA

mrs. dalloway ou a menina dos cravos

Quinta é meu dia favorito. Aqui nos Jardins, o trânsito para. As ruas do meu bairro ficam entupidas de carros. E no meio da babilônia a gente enxerga pequenas tendas listradas, coloridas, responsáveis pela lentidão do tráfego: é ela, a feira.

Eu sempre acordo mais contente nesse dia, parece que a região onde moro renasce, muda de cor. As lojas chiques do baixo Oscar Freire cedem espaço para a forma de mercado mais antiga que existe: a feira livre. Ao lado dela há dois supermercados, mas sua valentia dá de ombros e ela se mantém ali, firme e forte. O que me chama atenção é que seu formato permanece intacto há anos. Apesar de toda a modernidade, os alimentos seguem ali dispostos em bacias plásticas, caixotes, as frutas todas encaixadas em degraus coloridos – na feira o tempo passa em outra velocidade. Lá, a rede social não faz sentido, WhatsApp é desnecessário, e-mail não possui qualquer serventia.

Barulhenta, cheia de vida, com diferentes pessoas convivendo, conversando. A vitalidade da feira me encanta, todo mundo cabe ali. Um ótimo antídoto antissolidão, não passamos com a sensação de sermos invisíveis, como muitas vezes nos sentimos nas ruas de São Paulo. Ninguém tem muita pressa: é preciso pegar as frutas nas mãos, sentir sua textura, ver a cor dos legumes. Isso exige, acima de tudo, disponibilidade e tempo.

Entre as barracas listradas, te olham nos olhos, disputam sua atenção, te paqueram, te dão pedacinhos de fruta. Somos o tempo todo convocados. Gosto de passear por seus corredores, ver as frutas brilhando, os temperos, os peixes, o frango, a água de coco, o pastel e finalmente: as flores.

A barraca do Seu Jaime e da Dona Ilma tem uma história bem antiga na minha vida. Toda semana meu pai comprava flores para a nossa casa. Lírios para minha mãe, cravos para mim. De mocinha, adorava chegar da escola em casa e ver aquele vaso enorme na sala, lírios brancos, imponentes. Minha mãe sempre escolhia um vaso que combinasse com a decoração, e eles sempre acabavam brigando pois meu pai também queria escolher o vaso, palpiteiro que era. E no meu quarto havia sempre um vaso pequeno, com uma dúzia de cravos bem delicados. Na quinta-feira, eu tinha certeza de que nós duas éramos muito amadas. Prova disso era o perfume que invadia nossa casa nesse dia e durava por uma semana toda.

Logo que me casei, comecei a fazer feira. Me sentia assim, dona de minha casa, de minha família, adulta, quando descia a rua para fazer as compras semanais. A primeira coisa que fiz, ao mudar, foi comprar flores para minha sala. Cheguei na feira dizendo ao Seu Jaime que era filha de um antigo cliente. Para minha surpresa, ele não se lembrou do meu pai. Fiquei sem graça, saí sem desconto – mas comprei logo uma hortência. Linda, redonda, só minha. Quando relatei ao meu pai o que havia ocorrido, ele me disse: da próxima vez, fale que é você a menina dos cravos. E assim foi. Nunca mais saí sem desconto. Nem sem uma rosa de brinde.

Depois comecei a comprar cerejeiras (que, embora lindas, sujam a casa), astromélias (que são mais baratas e rendem lindos arranjos), cravínias (que são flores pequeninas mas que, juntas, parecem uma revoada de pequenos passarinhos), girassol (que me lembra minha melhor amiga), violetas (que sempre renascem, uma surpresa!), rosas e tantas outras lindas flores para enfeitar minha casa. Descobri-las era um jeito de descobrir algo muito feminino meu.

Subo minha rua com meu buquê de flores como uma criança que acaba de conhecer uma melhor amiga e logo sai de mãos dadas. Chego em casa sonhando com o vaso no qual elas vão morar e escolho um lugar para que recebam sol e possam ser reverenciadas por quem entra. Sempre que alguém chega em casa, encontra um vaso florido. E, mesmo se eu estiver muito triste, nunca me esqueço de comprá-las.

Uma das últimas refeições que fiz em família foi na feira. Comemos, eu e meus pais, o mesmo pastel, havíamos nos encontrado por coincidência. Na frente da barraca do Seu Jaime, uma semana antes de meu pai entrar em coma. Toda vez que passo por lá eu agradeço por ter vivido essa memória nesse cenário. Se tenho vontade de comer um pastel às dez da manhã, eu me rendo. Mas lírios e cravos eu nunca mais comprei.

a nossa humanidade

...essa alegria estava sempre ameaçada. Porque ele sabia o que essa multidão eufórica ignorava e se pode ler nos livros: o bacilo da peste não morre nem desaparece nunca, pode ficar dezenas de anos adormecido nos móveis e na roupa, espera pacientemente nos quartos, nos porões, nos baús, nos lenços e na papelada. E sabia, também, que viria talvez o dia em que, para desgraça e ensinamento dos homens, a peste acordaria seus ratos e os mandaria morrer numa cidade feliz.

ALBERT CAMUS, *A peste*

Estamos todos presos. Curiosamente, encarcerados em casa nos sentimos livres de adoecer. Mas ainda assim doentes de alguma forma, uma vez que estamos privados daquilo que nos mantém sãos: os amigos de fim de semana, os abraços apertados em quem amamos. Nunca a pele foi tão importante e tão perigosa. Estar em casa nesse momento é a nossa única arma de luta, junto ao sacrifício que fazemos em nos distanciar de quem amamos.

Quem diria que um dia a distância seria prova de amor?

Disse Valter Hugo Mãe em *A desumanização*: “O inferno não são os outros, pequena Halla. Eles são o paraíso, porque um homem sozinho é apenas um animal. A humanidade começa nos que te rodeiam, e não exatamente em ti. Ser-se pessoa implica a tua mãe, as nossas pessoas, um desconhecido ou a sua expectativa".

Hoje o que importa é estar saudável e zelar pela saúde daqueles que amamos. E nesse cuidado vem a necessidade de compartilhar. Compartilhar notícias, remédios promissores, campanhas de auxílio. Empatia é a palavra da vez. É preciso olhar o outro, oferecer ajuda ao vizinho idoso, preparar uma "quentinha" para aquele que está só e poupar os exaustos profissionais da saúde.

Cantou Renato Russo em "Pais e filhos": "É preciso amar as pessoas como se não houvesse amanhã". É preciso cuidar hoje, o amor, o cuidado, nunca se fez tão urgente. O que temos é o agora: *Eu ainda não adoeci hoje. Só por hoje aguentei outro dia em casa.*

Foi no Peru que entendi a força da palavra compartilhar. Dizem os incas que, quando na Cordilheira dos Andes você cruzar com um transeunte e tiver alimento para oferecer, é preciso compartilhar, como uma forma de gratidão por aquilo que a *pachamama* (mãe-terra) lhe ofereceu, assim, aquele que caminhava se alimenta, e aquele que estava só se sente acompanhado.

Estender a mão fisicamente não é possível, mas oferecer ajuda sim. E isso tem sido a parte mais bela desse horror que estamos vivendo.

Em que momento nós, humanos arrogantes, esquecemo-nos que a impotência faz parte da experiência de estar vivo? Atualmente todos estamos curvados a algo tão poderoso quanto invisível. Nossa geração arrogante do selfie, tão desesperada para sentir-se vista, se esconde em casa buscando proteção.

Ao mesmo tempo, até as redes sociais mudaram: o look do dia perdeu o sentido. A bolsa da moda, a maquiagem, nada disso tem serventia. As lives estão mais frequentes, afinal, todos estamos vivos e é preciso compartilhar essa experiência. A nova *hashtag* é: #compartilheseudom. O luxo agora é estar vivo. Mesmo que de chinelo e pijama. O luxo agora é ter abrigo. Saúde. Alimento. Máscara.

Na semana passada fui pegar o tal álcool em gel e, na volta, a rua do meu itinerário estava fechada. O guarda de trânsito veio na minha janela avisar que a rua estava bloqueada. Agradeci e sem pensar muito disse: "Saúde para você e para sua família". Meus olhos encheram de lágrimas. Percebi que ele ficou também comovido. Enquanto dirigia, fiquei pensando quando na minha vida eu teria tido a chance de desejar algo com tanta profundidade a um desconhecido.

A proximidade da morte também nos compartilha crescimento, além da dor. Nem toda privação é perda apenas. Talvez a única forma de tolerar o que estamos vivendo seja buscar sentido nessa privação. Ainda que o sentido seja nos revelar, num espelho, o quanto estávamos distantes do que é ser humano de fato. E o quanto vínhamos andando afastados da qualidade que essa experiência pode nos proporcionar.

sobre a teimosia da luz

Foi uma passagem do filme *Jackie* que me fez refletir sobre a experiência religiosa. Logo que o marido foi assassinado, Jackie pergunta ao padre se Deus existe mesmo. Conta que havia perdido também dois filhos, um deles recém-nascido. O padre responde que, quando escurece, antes de dormir, se questiona se o fim da vida se resume a escuridão. Mas que, no dia seguinte, quando nasce o sol, nas primeiras horas da manhã, depois de uma noite de pavor, ele insiste em passar um café. Essa insistência da luz em entrar seria a confirmação de uma existência divina.

Algo nos faz acordar e seguir vivendo, passando o café, confiando na luz do amanhã. Talvez essa seja a explicação mais coerente do que considero ser a divindade. Divindade é continuar insistindo na vida, independente daquilo que é assustador.

Também gosto muito da cena da peça *As centenárias*, escrita por Newton Moreno, na qual a morte diz a uma mãe que suplica pela vida de seu filho: “Procure um pé de Mandacaru enraizado na casa de uma família que não tenha sofrido a perda de um filho, um ente querido, um pai ou uma mãe. Se você encontrar um lar no qual a dor da perda não tenha chegado, eu deixo seu filho sobreviver”.

A mãe procura de casa em casa, e não acha nenhuma na qual a dor não tenha entrado ou pela porta da frente ou pela janela. O que acha é tanta gente para compartilhar sua tristeza que compreende que não há o que fazer se não resignar-se com o fato de que a morte é inevitável e sempre nos alcança.

O texto de Newton Moreno é muito mais elaborado. Mas nada é mais lindo do que essa cena nos ensina: saber que a dor é universal e compartilhá-la nos ajuda a suportá-la.

Resignar-se à dor é não temê-la. Emprestamos nosso corpo a ela para que, depois de um tempo, ela nos abandone. O corpo fica mais forte assim. Cheio de vivências, finalmente a luz volta, poderosa, insistindo para o tempo passar.

acabou chorare

Numa dessas manhãs de isolamento, minha filha tropeçou e veio aos prantos para meu colo no café. Abracei-a com carinho e coloquei essa canção tentando distraí-la: "Acabou chorare, ficou tudo lindo, de manhã cedinho". Ela logo se acalmou. Hipnotizada pelos acordes sutis, pela melodia de ternura da canção. Logo veio meu filho pelo corredor, curioso, para entender do que se tratava aquela letra esquisita que mais parecia uma canção de ninar.

Contei a eles, enquanto comíamos, que essa era a música de uma banda chamada Novos Baianos, e que a letra tinha sido inventada depois que um músico chamado João Gilberto contou uma história bonita: uma vez, sua filha Bebel, pequenininha, caiu no chão e se machucou. Corajosa, prontamente se levantou, enxugou as lágrimas e disse: "Acabou chorare, papai".

Desde então minha casa ganhou uma trilha sonora matutina. Todo dia no café, embala as crianças. "Alexa, toca Acabou chorare!", ordenam. Semana passada, num amanhecer gelado, os dois de pijama de flanela estavam sentados tomando leite e cantaram juntos baixinho: "Acabou chorare". Juro, parecia até uma cena de filme. Bem aqui na minha casa, não era cinema, mas eu me senti num palácio, feito a Cinderela quando entra no baile, ergue os olhos e fica tomada pela beleza da festa.

Curiosa, fui procurar saber mais sobre essa canção e descobri que foi composta junto com os Novos Baianos, na temporada em que João Gilberto morou com eles. Numa entrevista divertida, Moraes Moreira contou que arrancaram as portas de um armário de madeira num quarto, improvisando um palco em cima de umas gavetas, onde o João subia e dedilhava seu violão para uma plateia doce e bárbara, feita por Baby Consuelo, Pepeu, Moraes, entre outros. Eram jovens, cheios de utopia e acreditavam num mundo melhor.

Fiquei por um tempo pensando na letra. Imaginando que vai chegar um dia em que no jornal vai estar na primeira página: "EXTRA, EXTRA: Acabou chorare, ficou tudo lindo. Acabou Covid, estabilizou a curva, acabou variante. Acabou falta de empatia. Acabaram as máscaras, acabou a pandemia".

Quem sabe a voz das crianças pudesse funcionar como uma espécie de prece, que pudesse ser ouvida em algum lugar desse mundo tão machucado, que, diferente da pequena Bebel, não consegue se levantar sozinho e resgatar a fé em si.

ACABOU CHORARE
NO MEIO DO MUNDO
RESPIREI BEM FUNDO

Enquanto esse dia não chega, vou caçando alguma beleza na rotina, algum espaço de sonho, para dar conta da realidade tão crua. Por vezes na vida é preciso fazer o show dentro do armário mesmo, dentro do quarto, no endereço do nosso mundo. Para isso é preciso liberdade para arrancar as portas pesadas de dentro da gente e se permitir imaginar.

Uma vez, após uma cirurgia de coração, tão logo foi extubado, meu pai pediu caneta e papel para uma enfermeira para escrever um conto. Era a história de uma fisioterapeuta respiratória chamada Julia que não desistia de lutar. Quando cheguei para visitá-lo, me entregou os papéis amassados nas mãos: "Olha, filha, escrevi um conto na UTI. Leia". Nessa hora, respirei bem fundo. *Acabou chorare, papai.*

Obrigada, João e Novos Baianos, por virem passear na garoa do meu coração cansado de tanto chorare, me trazendo vozes renovadas e me confortando com vozes antigas.

Em alguns minutos, me lembrei da força de uma utopia. E obrigada, meus filhos, são vocês meu sapatinho de cristal.

o caso do vestido

PARA MADAME REICHERT

A juventude é um vestido de musseline cor-de-rosa esvoaçante – se eu tivesse que descrever a minha numa só imagem, seria definitivamente essa.

Eu tive esse vestido, lá pelos meus vinte e poucos. Comprei para o casamento de uma amiga de quem fui madrinha. Acho que foi a peça mais chique que tive na vida, o tal vestido. Era de alta costura, comprado numas férias numa tarde de calor escaldante.

Passeando pela cidade com meus pais, tive vontade de fazer xixi: turistas sabem bem que encontrar um banheiro grátis é quase impossível. Uma amiga me ensinou que no McDonald's você consegue entrar e sair disfarçado, mas a verdade é que não encontrei naquele fim de tarde lugar algum.

Então tive uma ideia: entrar numa loja de alta costura, daquelas bem chiques, provar um vestido e pedir para usar o toilette. Assim eu fiz, de chinelo havaianas e shorts jeans. Descompromissada, como só as pessoas de vinte e poucos anos conseguem fazer.

Meus pais não acreditaram na minha cara de pau e riram antes que eu entrasse. Sempre me acharam ousada, o que nos gerava bastante conflito. Mas, nesse dia, divertiram-se com o tal defeito de fabricação.

O banheiro era todo de mármore branco, no andar de baixo, e ao sair eu vi uma arara de liquidação. E lá estava ele, lindo, me aguardando. Cor-de-rosa, com um broche prateado bem no meio.

Eu vesti e subi as escadas, tímida, para encontrar meus pais, que me aguardavam no andar de cima. Suas muitas saias davam a impressão de que eu estava voando enquanto caminhava. Era leve, suave, delicado. Quando eles me viram, não acreditaram.

O vestido era perfeito. Feito para mim. Não era caro, nenhum absurdo, estava com um desconto bem justo.

Minha mãe disse do alto de sua elegância mineira:

"Nada como um corte bem-feito, caimento perfeito."

E meu pai, do alto de sua psicanálise poética:

"Compre, minha filha. Você também vai envelhecer, sua juventude merece esse vestido."

Então eu comprei e, na noite em que usei, me senti uma estrela de cinema.

Não sei se pela história, por ter me autorizado a ter algo que nunca havia sequer sonhado em ter, ou se o que eu vestia era minha juventude.

Hoje ele já não mais me serve e, sinceramente, mal vou a festas (antes mesmo da pandemia).

Agora adulta, sem pai e com minha mãe bem idosa, fico pensando que naquele dia entendi algo que divã nenhum de análise me ensinou: a transitoriedade.

A questão de que o tempo passa e há uma necessidade de vesti-lo na hora certa. Abraçá-lo nem que ele esteja parado numa arara, num cabide. E ousar desfilar com todas as suas cores, cabendo na estação que a vida te oferece.

E para isso é preciso aceitar que certos cortes precisam existir. E que vai haver modelos que deixam de fazer parte das novas estações da vida.

Este ano, no dia do meu aniversário de quarenta anos, acordei antes da minha família toda, olhei para o céu e estava da cor do meu vestido. Amanhecia num clima de trégua. Faltavam algumas horas para o café e o jornal não havia chegado ainda, anunciando os óbitos da pandemia.

Aproveitei, andei pela casa, olhei para os quartos, as crianças dormiam tranquilas. A casa em silêncio, o céu cor-de-rosa com nuvens brancas. Naquela manhã eu ganhava mais um ano de vida.

Então pensei em tudo que ganhei desde que parei de caber no vestido. Por alguns segundos, fechei os olhos, me lembrei da loja, das férias, daquela moça que andava por aí de shorts e havaianas, sem máscara, sem medo.

E meu coração ficou tão leve como um tecido de musseline – apesar dos remendos.

minha alma cativa

Por outro lado, minha mulher de cinquenta e dois anos me parece tão atraente quanto no dia em que a conheci. Se eu dissesse isso em voz alta, ela diria: "Que clichê, Douglas! Ninguém prefere rugas, ninguém prefere cabelo branco". Ao que eu responderia: "Mas nada disso me surpreende. Espero para observá-la envelhecer desde que nós nos conhecemos. Por que isso deveria me incomodar? É o rosto em si que eu amo, não este rosto aos vinte oito, trinta e quatro ou quarenta e três anos. É este *rosto".*

DAVID NICHOLS, *Nós*

meu rosto é um acervo

Meus olhos são herança do meu avô. Meu nariz tem as raízes italianas do meu pai, meu queixo é igualzinho ao da minha mãe. No meu filho, enxergo os olhos do meu marido, castanhos, profundos, e, em seu sorriso, os dentes da minha sogra. Na minha filha, encontro meus olhos e cabelos, as mesmas sardinhas de quando eu era criança, que com o tempo sumiram. E elas logo são a ponte para a lembrança da textura dos dedos jovens de minha mãe, acariciando minhas bochechas quando chegava do trabalho.

Meu rosto atual revela minha vida, meus mortos, meus caminhos tortos – como diria Ney Matogrosso. É a soma de todos os genes que me foram ofertados, desde que nasci.

Minha avó espanhola, meu avô mineiro, o avô italiano que nem conheci. Eu sou todos eles quando me olho no espelho. Meu rosto é um acervo.

Como disse Freud: "O caráter do eu é um precipitado de catexias objetais abandonadas". Sou todos os que passaram pela minha vida de alguma maneira e em mim investiram afetivamente, seja de forma direta ou indireta. E essa presença deixa vestígios tanto externos quanto internos.

Numa cena do filme *Extraordinário*, o menino que havia feito várias cirurgias em função de uma síndrome rara pergunta para a mãe por que sua face é tão marcada por cicatrizes. Ela responde que nosso rosto é o mapa por onde nosso coração passou: "Essa ruga aqui é da primeira briga que tive com seu pai, já esse pé de galinha das inúmeras vezes que você me fez sorrir, essa ruga da testa conta quanto tempo durou sua primeira cirurgia".

Há alguns anos, minha mãe fez na casa dela uma parede de porta-retrato que ela chamou de "parede dos meus mortos": tem meus avós na lua de mel, sua melhor amiga que partiu e todos que marcaram sua trajetória de 82 anos, mas que dela não mais participam. No começo, achei tudo aquilo esquisito e mórbido, mas o amadurecimento me revelou a importância daquela parede. Em cada retrato, um alguém que a construiu, um laço do seu tecido de memória, está pregado e emoldurado em seu museu pessoal, feito obra de arte. Assim, ninguém desaparece por completo.

Por vezes, esqueço o rosto das pessoas que amei, que já partiram, e sou tomada por um desespero, como se estivesse na iminência de perder lugares sagrados onde meu coração pousou. Quando a imagem vem numa lembrança, eu escorrego para dentro dela, tento agarrar aqueles rostos com tanta força que fico até com medo de abrir os olhos e perdê-los outra vez. Semana passada fui visitada pelo sorriso de uma amiga que morreu. A imagem era tão nítida que quase a ouvi gargalhar. De vez em quando, me esqueço da minha tia, fecho os olhos com força e a resgato. Estou salva, ela preservada. Sorrio secretamente quando me pego lembrando do olhar do meu pai. Rostos são sagrados.

meu rosto é um produto?

Atualmente, vivemos uma banalização de nossa imagem: o celular que destrava com Face ID, o reconhecimento facial no banco, minha foto que avisa de minha passagem pelos lugares.

Assim como João e Maria, vamos deixando migalhas de pixel por onde passamos. O tempo todo somos filmados num experimento sem precedentes, invadidos na nossa história pessoal. Grandes empresas colhem nossos dados e estão sempre alertas, tratando-nos como um produto a ser investigado. O objetivo é obter mais lucros, traqueando nossos caminhos, segredos e buscas. Meu rosto hoje virou produto.

O histórico da internet é um mapa do tesouro contemporâneo que revela o que pensei e pesquisei. O aplicativo de trânsito, por onde andei. Enfim, tudo que compartilhei já não me pertence mais e aquilo que não compartilhei, mas procurei, busquei, pesquisei, fica também aprisionado. Há algo que é recolhido de mim sem que eu mesma perceba.

Shoshana Zuboff descreve a violência dessa experiência no livro *A era do capitalismo de vigilância*. As grandes empresas funcionam, de acordo com a autora, como os antigos colonizadores que entravam nos países invadindo e doutrinando aqueles que já estavam lá.

Num conto chamado "O livro de areia", Borges descreve um livro amaldiçoado, que não possui começo, meio ou fim, cujas páginas são hipnotizantes e aprisionantes – assim como nosso *feed*, que nos alimenta todos os dias e alimenta os outros com pedaços de nossa história. Não por acaso, chama-se *feed*. Nossos dados são alimentos para uma indústria ávida, cujo alcance não conseguimos sequer dimensionar. A voracidade do mundo virtual é capaz de engolir nossas almas, nossa imagem, tratando nossa história como mercadoria.

Recentemente, li numa matéria que a Amazon está dando cerca de 10 dólares em crédito se você registrar suas impressões palmares em suas lojas sem pagamento e vinculá-las à sua conta da empresa. "Os dados biométricos são uma das únicas maneiras pelas quais empresas e governos podem nos rastrear permanentemente. Você pode mudar seu nome, você pode mudar seu número de Seguro Social, mas você não pode mudar sua impressão palmar. Quanto mais normalizarmos essas táticas, mais difícil será para escapar delas", disse Albert Fox Cahn, diretor executivo do Surveillance Technology Oversight.

Isso significa que nossas digitais estão sendo deliberadamente entregues. Em outras palavras: estamos entregando as linhas da nossa vida de mão beijada.

Minha alma cativa (obrigada novamente, Ney) hoje é cativa da internet.

meu rosto resgatado

Num trabalho recente, alguns ativistas se uniram a um movimento antivigilância. Iniciado em 2012, trata-se de oficinas gratuitas conduzidas por tecnólogos que ensinam as pessoas a usar a internet de forma anônima, criptografada. A criptografia nada mais é que o anonimato on-line. O objetivo: proteção de dados e tentativa de garantia da liberdade individual usando aplicativos que não são facilmente rastreáveis, tais como o Telegram e o Wire, cujas conversas não ficam salvas.

Protestam também contra a banalização de algo tão privado como a imagem pessoal, pintando seus rostos, desenhando formas geométricas, numa tentativa de camuflagem para evitar o reconhecimento facial. Essa pintura facial recebe o nome de "antirrosto".*

Por trás desse manifesto há a revelação de um desejo de voltar a se apropriar de si. Ao mesmo tempo, se preciso mudar meus traços para não ser reconhecido pelas grandes empresas, preciso de um disfarce para continuar sendo eu? Só posso ser eu mesma me camuflando?

Ao ler essa notícia, lembrei de um e-mail que recebi de uma amiga que tinha um canal de Youtube. Dizia que havia se cansado da persona que ela havia construído para estar na internet. Contou sobre sua exaustão por tentar editar uma versão

---

* Os algoritmos de reconhecimento facial funcionam examinando geometrias detectáveis – a distância da testa ao queixo ou olho no olho – e combinando-as com um conjunto de dados existente. Os modelos humanos de Harvey exibem manchas cubistas de pintura facial e cortes de cabelo irregulares e assimétricos, de modo que os algoritmos perdem a noção de onde estão seus traços. Ele chama isso de "antirrosto".

de si que lhe trouxesse mais seguidores, o quanto percebeu-se sequestrada em sua identidade ao longo desse processo. Carol voltou a se sentir Carol quando se despediu do canal que ela mesma criou. Qualquer semelhança com o Fausto de Goethe ou o médico e o monstro de Stevenson não é mera coincidência.

Porém, como amiga, percebia que mesmo quando a via na internet, conversando com as seguidoras, logo era transportada para o tempo em que eu e ela, mais jovens, morávamos fora e íamos todo domingo comer falafel, lá pelos anos 2000. A minha amiga não era aquela. Em mim, ela nunca deixou de existir. Ninguém me tira as lembranças da juventude que vivemos juntas e o prazer que sinto ao rememorá-las. Nem a internet, nem o envelhecimento, nem a morte.

Uma história engraçada: numa noite derrubei vinho em seu laptop. O teclado ensopado chegou até a soltar fumaça. Na manhã seguinte, saímos as duas desesperadas atrás de assistência técnica. Quando finalmente encontramos, o técnico nos olhou, apontou o computador e decretou: "*Il est mort*" (ele está morto). Chateadas, voltamos para casa. Até que ela se deu conta que, off-line, não precisava mais checar se o ex-namorado estava on-line no MSN. Isso a libertava para viver sua vida fora das telas. Posso dizer então que já é a segunda vez que a vejo se libertar.

A verdade é que, ainda que a internet tente capturar a nossa imagem, há algo que sempre será impossível de ser armazenado: a força de nossas memórias. Elas seguirão sempre sendo só nossas. São alimento do meu *feed* subjetivo, pessoais e intransferíveis. Eu as alcanço ao fechar os olhos, sem precisar de wi-fi, e lá sou sempre livre. Lá ando nua, sem pintura, sem tecnologia. Nossas lembranças são um refúgio pessoal e moram numa parede viva dentro de nossos labirintos mentais. Esse tesouro não será entregue jamais para as grandes empresas. Eis nosso ato de resistência.

Não há gigabyte que alcance o cheiro da canja da minha infância ou a visão de minha tia amassando pão de queijo. E, de vez em quando, passeio por Paris, gargalhando, jovem, com minha querida Carol, tomando vinho e falando sobre música, ainda que meu rosto revele que há tempos não tenho mais vinte anos.

any given thursday

Um de meus maiores prazeres na vida sempre foi acordar. Desde mocinha eu gosto de dormir cedo para chegar logo a primeira hora da manhã. Gosto do despertar de um dia, o céu claro amanhecendo e varrendo os pesadelos noturnos.

Toda manhã sempre teve cheiro de promessa. A primeira hora do dia sempre me pareceu encantada, a hora em que tudo pode acontecer. É quando nos movimentamos, enfrentamos, escolhemos viver a vida real em vez do mundo dos sonhos.

É preciso uma dose de coragem para deixar o conforto dos lençóis macios.

Jamais perdoarei a pandemia da covid-19 por ter me tirado a doçura de despertar.

O jornal na quinta passada tinha tanto luto que achei melhor fechar. Me recuso, logo existo, pensei. Nós, psicanalistas, sabemos bem que negação é, antes de tudo, um mecanismo de defesa. E essa história do menino Henri? Não consigo. Falta insumo. Falta vacina, falta empatia, falta emprego, falta comida. São tantas as faltas. Eu mesma poderia fazer um inventário de saudades.

Mas algo me faz insistir um pouco quando passo pela parte de Cultura e encontro fotografias do meu antigo companheiro de café da manhã, Contardo Calligaris. Era uma linda carta de sua mulher, tão genuína, tão verdadeira, tão grata que logo guardei tudo que ela escreveu na trama de meus pensamentos. Me agarrei com força naquela história de amor. Tinha uma foto de família num balão colorido, um eu te amo em grego antigo, uma dor, um vazio, um desabafo. Fico tomada pela beleza da leitura e já me sinto relativamente melhor da poluição de tristeza das notícias diárias.

Um bom encontro faz mesmo a gente subir num balão. Em seguida penso: "Nem a morte rouba a beleza do amor". Esse é o sentimento da resistência, de poder. Lembrei-me de uma frase dele, antiga, que eu sei de cor: "Mas o fato é que muitos amores são como a vida: eles valem a dor que seu desfecho triste nos dará eventualmente um dia".

Foi nessa semana – ou na outra, já que todas têm sido iguais – que eu li um artigo de psicanálise que dizia que o amor era o contrário da morte. E Quintana dizia que era bom morrer de amor e continuar vivendo.

Então, decido que caminhar é o melhor a fazer, pelo menos naquela manhã. Recebo uma mensagem de minha melhor amiga: "Vem caminhar aqui na Honduras".

Saio com pressa, tênis, máscara. Com ela, gasto meu "vale-gente" na pandemia sem culpa nenhuma. Tem gente que é vital pra gente, feito oxigênio.

Enquanto estamos juntas o tempo para. Seguimos discutindo sobre os lutos todos da pandemia, sobre os pais que estão envelhecendo e o sentimento de desamparo de acompanhá-los assim, sobre o crescimento dos filhos, sobre o fato de que hoje gostamos mais de caminhar na rua do que de tomar um chopp, sobre o ex-namorado que engordou, o que morreu...

(Propositalmente não há um ponto nesse parágrafo, pois é mesmo um sem-fim de assunto.) E, nessa caminhada, lá pela altura do número 350, eu mostro a ela algo que havia visto na semana anterior:

"Olha bem, Carol, vem aqui, no meio da rua. Vem pra direita, olha bem nessa janela dessa casa, no segundo andar. Consegue ver?"

Ela diz que não, está sem óculos.

Eu insisto: "Vem para o meio da rua, levanta o pé, fica parada assim, ó, está vendo? Olha o que está escrito, ali naquela parede daquele quarto, com tinta preta grossa e letras de forma: A VIDA É TÃO RARA".

Ela então me pergunta:

"Como você conseguiu achar isso, amiga?"

Eu respondi:

"Não sei bem, mas achei. Vi uma mancha preta na parede e quis saber o que era. Aí levantei o pé e vi. Aí lembrei que essa frase é daquele cantor, Lenine. E a próxima estrofe da canção dizia: 'Enquanto todo mundo espera a cura do mal, e a loucura finge que isso tudo é normal, eu finjo ter paciência'. Bonito, né?"

Sorrimos. E ela:

"Amiga, eu não sei como você acha essas coisas."

"Também não sei. Mas eu faço muita, muita, muita força, te garanto."

Lembrei do Leminski dizendo: "Basta um instante e você tem amor bastante". Amor suficiente para aguentar mais um dia, tentando transformar os borrões pretos em poesia.

E encontrar-se com a poesia é também ver um balão colorido atravessando o céu. Mesmo precisando fazer força para achar.

uma carta sem palavra

A ideia quem deu foi a minha supervisora da especialização. A Maria Elena. Um dia ela disse assim na aula: "O que movimenta a vida são os altos e baixos. Não tem jeito. Uma vida só fica em linha reta quando acaba". Pronto: nasceu assim um trabalho de arte.

Eu precisava dar um jeito de encontrar um eletrocardiograma de uma pessoa morrendo para colocar na parede do meu consultório. Eu queria ser clara com os pacientes, que não oferecia um serviço de uma vida em linha reta, sem quedas. Estável. Achei que, se o tivesse, estaria oferecendo meu trabalho da maneira mais honesta possível. Não se engana o freguês, afinal.

Animada, comecei a procurar exames póstumos para enquadrar. Trabalhava no Hospital das Clínicas na época e achei que, quem sabe, um enfermeiro pudesse me vender o eletro de alguém morrendo. O último suspiro. Mas é claro que nunca tive coragem de fazer o pedido. Ficava fantasiando: um dia vou arrumar esse bendito exame e vai ficar lá, de frente para quem entra, enfeitando a parede.

Acabou que um dia, no almoço, contei sobre essa ideia para meu pai. Ele me chamou de louca, mórbida. Disse que ia pegar mal, logo eu, estagiária, pedindo exame de desconhecidos à beira da morte: "Isso não se faz, que mau gosto. Além do que, é documento do hospital".

Fingi que concordei, pois é assim que muitas vezes funciono com autoridade. Prefiro ser feliz a ter razão.

Mas em 2011 uma doença o levou, numa madrugada de junho. Minha mãe havia ligado avisando que estava chegando a hora. Ao entrar no quarto, um enfermeiro-anjo imprimia a última batida do coração de meu pai.

O enfermeiro me disse: "Está estranho esse exame, ainda há um movimento no coração. Espere".

Em algum lugar, ouvi que a última esperança é teimosa e burra. Então esperei, como quem espera uma reviravolta.

Até que saiu um exame, com o belo desenho de uma vida indo embora, uma montanha alta, uma curva bem baixa e uma linha reta. Tinha duas cópias, uma para anexar no prontuário e a última que pedi para ficar comigo: foi essa a última carta que ele me escreveu. Gosto de pensar que ele morreu me dando razão e que dobrei ele no último minuto. (Como sempre fiz, diga-se de passagem.)

Hoje esse quadro está aqui, numa caixa de acrílico. Recebe meus pacientes que chegam com suas histórias. Tem gente que custa a entender o que é. Um moço do mercado financeiro viu algo relacionado a dinheiro. Um cardiologista custou a entender a mensagem, embora tenha decifrado todas as patologias cardíacas impressas no papel. A verdade é que cada um vê o que quer. Tem também os que nunca se aproximaram para ver.

Eu só vejo o coração dele batendo ainda no lugar em que ele mais amava viver, o consultório.

A Maria Elena eu escolhi para ser a analista da minha mãe e ajudar o coração dela a bater novamente. Tem sido também um presente para minha mãe e está indo muito bem desde então.

E tem gente que não acredita em final feliz.

aurora

(...) em algum lugar, ao fim
da manhã ou da tarde, logo
depois das aulas,
dois adolescentes dão
as mãos, atravessam a rua, bloqueiam
a circulação rodoviária
de uma cidade.
Mas pensa nisso por um segundo,
pensa na força dessa corrente.

LUÍS FILIPE PARRADO, *Sobre os dois adolescentes que esta tarde atravessaram a rua de mãos dadas*

"Outro dia mesmo era eu sentada no chão do aeroporto jogando truco", pensei, quando encontrei um bando de adolescentes sentados numa típica viagem escolar, nem aí para a hora do Brasil, na calçada com seus telefones celulares tocando música sertaneja. Sorrindo com leveza, zombando uns dos outros, coloridos pelo viço, pelas tatuagens. "Ei, espere, já fui uma de vocês", tive vontade de dizer para aquela plateia nada interessada naquela mãe de duas crianças que faziam birra na calçada, exaustas pelas horas de voo. "Essa sou eu", constatei.

Foi assim, de repente, que cresci e virei gente grande. Ali no espelho, olhei e deixei de ver a adolescente que um dia eu fui. Na verdade, hoje até estranho essa moça que vejo nas fotos tão cheia de sonhos, que achava que a vida com ela seria mais doce, menos dura, mais generosa. Tinha algo em mim que achava que a adolescente em mim duraria para sempre, tal qual metal precioso. E tentei mumificar esse ser que um dia eu fui por um tempo, confesso com certo embaraço. Até que, num dado momento, foi preciso fazer uma despedida e assumir que a adulta agora me possuía mais do que nunca. Não foi de propósito; a aurora da minha vida passou e foi embora sem se despedir. Com o final dessa primavera, começou a vida de adulto, sem pedir permissão.

É assim que se dá o crescimento; a gente se adapta finalmente a uma situação e ela acaba. E as rugas mapeiam esse anúncio sem dó nem piedade. O tempo se impõe, simplesmente.

Fácil verbalizar isso após os trinta, com quilômetros rodados. Mas há uma tristeza nesse discurso, um luto, uma dor e uma perda. Pois bem, para um adolescente, a mesma sensação se presentifica. O momento é outro, mas é também marcado por uma transformação. Contudo, faltam repertório, palavras, sobram angústias, sensações.

A adolescência é a passagem do mundo infantil para o adulto, uma ponte, uma travessia. Tudo isso envolve uma adaptação, e toda adaptação é precedida por uma crise. Aquele corpo de criança se vê invadido por pelos, espinhas, partes que crescem desgovernadamente, uma voz que desafina, hormônios que não existiam. Esses novos habitantes daquele espaço tão gracioso do corpo infantil não chegam de forma harmônica.

Esse processo é marcado por uma sensação de estranhamento, de não pertencimento. Já diziam os Titãs: “Eu não caibo mais na roupa que eu cabia/ Eu não encho mais a casa de alegria/[...] Mas é que quando eu me toquei, achei tão estranho/ A minha barba estava desse tamanho".

Há, ao mesmo tempo, uma excitação com a conquista de mais autonomia e também tristeza pelas cobranças do mundo da maturidade. Além da dor da perda do lugar privilegiado da criança.

Os pais, que antes eram um lugar de proteção, tornam-se figuras persecutórias por tentarem colocar limites nas realizações dos desejos do jovem. O que traz a estrofe de outra canção: "Você culpa seus pais por tudo, isso é absurdo/ *São crianças como você*/ O que você vai ser/ Quando você crescer".

Nesse período da vida, há um luto das figuras parentais idealizadas. Logo, o lugar de herói fica desocupado e, por isso, há uma busca por ídolos e novos modelos de identificação. O jovem está desesperado em busca de formar essa nova identidade.

Em seu livro *Adolescência: reflexões psicanalíticas,* David Leviski destacou que, embora fisicamente o adolescente esteja apto a exercer suas funções, ainda se encontra diante do risco e de forças da cultura e da sociedade que existem ante os desejos de plena liberação e do desenvolvimento dessas funções.

Contardo Calligaris adicionou em seu *A adolescência* que, apesar da maturação dos corpos, a autonomia reverenciada, idealizada por todos como valor supremo, é reprimida, deixada para mais tarde.

É como se se tornassem estrangeiros num mundo que sempre lhes foi familiar. Por isso as amizades nessa fase são tão importantes; eles constroem um muro para proteger aquele Ego frágil em transformação.

Costumo dizer que são como Ferraris com motor de Brasília amarela. Lataria linda, mas o interior precisa de cuidados. O corpo de adulto e a mente infantil são parte de um mesmo indivíduo. E essa mente não é capaz de conter aquele novo corpo em desenvolvimento, numa ardência pulsional. Na crise da adolescência, há uma sexualidade aflorando descontroladamente e torna-se difícil lidar com seus impulsos.

Em conferência na Sociedade Brasileira de Psicanálise de São Paulo, em 2005, o psicanalista Marcelo Viñar observou que a juventude não pode ser definida como realidade cronológica, e sim como um tempo de mutação que marca um antes e um depois. Isso pois a essência da adolescência é o ímpeto, o movimento. Como se captura o vento ou o fogo quando sua marca é a instabilidade?

Atendo adolescentes há alguns anos no consultório e me sinto bastante privilegiada por receber esses pacientes quando a dança da vida se apresenta para eles. Recebo-os como quem recebe botões de rosa fechados, cheios de esperança, ao mesmo tempo frágeis e cheio de espinhos. E procuro dar-lhes algum contorno. Não é um trabalho fácil ajudá-los nessa transição. Explicar-lhes que a vida é mesmo contraditória. Que os amores acabam. Falar-lhes sobre leis num país onde elas são constantemente desrespeitadas. Explicar-lhes sobre autoimagem numa cultura de Photoshop. Ajudá-los a compreender que esse corpo que pulsa não pode fazer exatamente aquilo que deseja a despeito de sua intensidade.

Contudo, acredito que um jovem, quando acolhido e compreendido nesse transbordamento emocional, nos sinaliza um futuro mais colorido e cheio de esperança.

Trabalhar com esses pacientes que vêm com a marca da pressa, da urgência, do efêmero do nosso tempo atual pode ser rejuvenescedor. Convidá-los a um momento de pausa e reflexão é quase um ato revolucionário. Pois perceber também o quanto essa geração que está chegando se alimenta de relações qualitativas – basta haver uma intenção – me faz acreditar num horizonte mais azul. Sim, eles assistem a lixo na internet, mas também são capazes de se encantar com um belo poema, um bom filme, quando convidados. Basta estender-lhes a mão nessa passagem.

Devemos ser cuidadosos, como adultos, para continuarmos investindo nos adolescentes, não com um olhar invejoso do jovem que deixamos de ser. É importante dar credibilidade aos sentimentos dos jovens, tentar compreender suas dores e angústias, oferecer amparo nesse momento de tempestade. Essa é a aposta esperançosa.

O aumento dos suicídios na adolescência nos denuncia um vazio. Que vazio é esse? Seria o vazio do nosso olhar? Como adultos? Será que estamos preocupados com o legado que estamos deixando para os jovens, em acolher esses seres em transformação?

Ou será que estamos tão preocupados em perpetuar nossa juventude que nos esquecemos de cuidar de nossos jovens? Será que, ao nos conformarmos com nosso lugar de envelhecimento, não podemos lhes oferecer a proteção que necessitam?

Pense na força dessa corrente.

blackbird

PARA HENRIQUE ROSSI (*in memoriam*)

Fazia quinze dias que eu tinha tido nenê. Estava definitivamente inchada e achei que já era hora de começar a fazer drenagem. Saí no meio da tarde, enquanto minha filha dormia. Estava morando na casa da minha mãe com toda a família por causa do atraso na reforma do apartamento.

Quando cheguei de carro e embiquei no portão, lá estava meu ex-namorado na porta de casa, com a filha dele ao lado, carregando um buquê gigante de rosas vermelhas, conversando com o porteiro.

Reconheci de longe, acenei pela janela, desci do carro. Pensei: "Gente, essas flores são para mim! Henrique nunca deixou de ser gentil e, mesmo após mais de quinze anos, não deixa de ser meu grande amigo, que delicadeza".

Já antes de sair do carro fiquei mentalmente ensaiando como contaria para meu marido sobre as flores que eu tinha recebido do ex que ele mal conheceu.

Estendi as mãos, entusiasmada, quando abri a porta, meio convencida, para pegar o buquê:

"Que lindas flores."

E ele, sem jeito, me contou que eram para a minha vizinha e o marido dela, que ele havia conhecido na Bahia e que dariam uma festa naquela semana e ele não poderia ir.

Não cheguei a ficar sem graça. Simplesmente briguei com ele, com a maior naturalidade, e disse que ele não podia mandar flores para ninguém que não fosse eu naquele endereço, afinal, eu tinha acabado de parir e merecia ser louvada.

Caímos na gargalhada.

"Eu te mandaria flores pela nenê, mas você é casada, ia pegar mal."

Ele me apresentou a filha e eu o convidei para subir para conhecer a minha recém-nascida. Ele prontamente atendeu meu pedido. Quando chegou na sala, minha mãe não o reconheceu. Precisei lembrá-la que aquele moço era quem eu tinha namorado tantos anos da adolescência até a fase adulta.

Foi constrangedor, mas ele nem ligou. E nem eu. Estávamos felizes em apresentar nossas filhas uma para a outra, e nos despedimos orgulhosos da vida que construímos separadamente.

Apesar de tanto tempo e tantas mágoas bestas, que hoje não fazem o menor sentido, nunca deixamos de ser amigos e de ter afinidade.

Você nunca saiu da primeira prateleira das minhas pessoas favoritas, Ri. E nunca vai sair. Ainda que o tempo passe, será sempre meu amigo de infância.

Mas eu sempre soube que você ia primeiro.

E que eu ia ter que fazer essa despedida.

Então, quando o telefone tocou, eu estava no meio de um sermão com meu mais velho, e não atendi. Mas quando vi quem era, eu já sabia. Não atendi o telefone, mas alguma coisa me fez interromper a briga e retornar a ligação desse amigo nosso, com quem eu não falava fazia tempo. Eu sabia que tinha que atender, mas precisava respirar.

Então eu soube. E por um segundo tudo ficou suspenso no ar.

Fiquei triste pois, de todos os amores que eu vivi, você foi o único que nunca se tornou um estranho. O único que sempre sorriu contente ao me ver, que nunca fez que não me viu, pelo contrário, me recebia com alegria e ternura.

Como devemos receber alguém que um dia já nos amou e que um dia foi nosso melhor amigo. Com respeito pela história já vivida.

Esse encontro das flores foi o nosso último. Foi um jeito lindo de se contar o reencontro de um ex-casal anos depois. Eu não sabia que era uma despedida, mas, olhando para trás, até que foi bonita.

Agora vou levar flores para você. E cumprir a promessa que a gente se fez. Quem fosse antes iria na missa de sétimo dia do outro.

Eu vou na sua, mas promete que cuida de mim como um anjo?

Afinal, você foi um amor que virou um amigo. E sempre gostou de se transformar.

Será que sabe virar anjo?

Pássaro você virou.

Blackbird flies.

criptonita

Me certifiquei de que comeram legumes. Orgânicos. Para evitar agrotóxicos. Que perigo. Passei filtro neles antes da praia. O buraco da camada de ozônio só cresce, li no jornal. Protetor é para evitar câncer. Achei uma camiseta que tem FPS 50, comprei logo duas. Coloquei rede na janela. Para evitar que caiam lá embaixo. "Tears in heaven" foi a canção que Eric Clapton compôs para o filho que caiu da janela. Embalou minha adolescência. Enquanto eu dançava bailinho e começava a minha juventude, essa era a trilha sonora das festas. Ingenuidade minha, nem percebia do que se tratava. Estava tão distraída com a vida que me convidava para dançar, deslumbrada, que quase me esquecia que também existe esse negócio chamado morte.

A empresa que contratei para a rede chamava alguma coisa Angel. Tem que ter. Eu que não fico sem esse anjo da guarda comigo chamado rede de proteção. Me dá arrepio ouvir essa música no rádio depois que eu pari. De vez em quando, ela aparece. Sempre me emociona. Como esse homem conseguiu, meu Deus, cantar outra vez? É possível voltar a ter voz com um impacto desse na vida? Não sei. Não quero saber. Sempre tento mudar de estação. Mas a música é forte demais e permanece. É que a melodia da morte nunca deixa de estar à espreita. Como uma música que fica sempre de fundo.

Sei que os cobri à noite para evitar pneumonia. Fechei a janela por causa da ventania. Saí correndo no meio da madrugada para acolher um filho que teve pesadelo. Levantei com tanta rapidez que travei o pescoço. Está tudo bem. Era só um sonho ruim. Voltemos a nos distrair com o cronograma do dia seguinte. Voltamos à programação normal da vida.

Dei também a vacina de sarampo, a terceira dose, já que há uma epidemia voltando, minha sogra falou. Própolis garante uma melhora da imunidade, assim eu li numa notícia do mercado de comidas naturais da esquina e minha amiga confirmou. Lá mesmo onde compro macarrão integral para evitar a farinha branca, que pelo que dizem é um veneno. Não custa tentar. Eu estava tão atrapalhada essa semana que nem fiz a inalação direito na minha filha mais nova, conforme o pediatra orientou para que o tempo seco não lhe cause alergias respiratórias.

Quando teve a epidemia de zika, comprei mais de dez repelentes de uma só vez. Paguei o maior mico na farmácia com uma cestinha que tinha dez Exposis, que era o único eficaz contra o *Aedes aegypti*, que transmite as duas doenças, tal qual li numa revista.

Fui também a primeira da fila da vacina de gripe no Cedip para evitar um surto de H1N1. Eram 7h50. Estava eu, minha mãe de oitenta anos, as crianças e meu marido. "Por que a pressa em plena segunda?", me perguntava meu marido. Eu não respondi na hora pois estava preocupada com onde eu tinha guardado o papel do manobrista, como sempre, mas a verdade é que tenho pressa em fugir da morte, por isso corro.

Eu tomo banho depois dos velórios, tiro sapato. Quero tapeá-la. Quero ela longe da minha casa. Quero combatê-la, embora eu saiba que estou fadada a perder essa luta no fim do meu jogo. Tenho certeza de que ela é esperta, de que entra no buraco da fechadura, pela janela, pela fresta da porta.

Na semana passada, outro susto: chegamos a tempo no pronto-socorro no meio de uma crise de laringite do meu mais velho. Achei que ele ia parar de respirar. Ufa. Deram remédio, voltamos para casa. Dormi calma. O fantasma daquele dia tinha dormido. Dormi triunfante: enganei você, velha senhora. Não foi dessa vez que a morte nos encontrou. Consegui me esconder direitinho.

Dessa vez, a ambulância dobrou a esquina. Fiz um sinal da cruz quando ela passou. "Que cheguem a tempo na casa do doente", pensei solidária. Ao mesmo tempo, comemorei, egoísta, que dessa vez não foi comigo. Entrei no supermercado, atendi o celular. Não é comigo dessa vez. Posso comprar carne para o almoço com calma. Para ela não tem vaga na porta de casa. Hoje não.

Eu não vou conseguir proteger vocês para sempre, meus filhos. Mas eu queria. Então, enquanto posso, faço esses paranauês, que no fundo não adiantam tanto, está além do meu controle, mas me dão a ilusão de que nada de mau vai chegar perto de vocês. Eu queria ter a certeza de que ninguém vai quebrar o coração de vocês. Que vocês nunca vão ver no canto de uma festa o amor de vocês gargalhando e jogando a cabeça para trás com outro alguém. Queria também que vocês nunca fossem traídos, maltratados, excluídos. Que nunca sofressem um assalto. Um assédio. Que nunca recebessem a notícia de que alguém que vocês amam está morrendo.

Enquanto eu puder, vou lutar para enganar essa nossa inimiga. Vou viver para tentar tapear a velha senhora. Tamparei os ouvidos para não ouvir seu canto, tal qual Ulisses fez com suas sereias. E, nessa tentativa ilusória de drible, vou me movimentando. Construo muros, mudo de casa, trabalho, produzo, transito, sem me paralisar. Fecho as janelas. Faço inalação. Blindo o carro se preciso for. E amo vocês com mais força. Tenho pressa, tenho urgência. Ser a mãe de vocês me criou a maior de todas as ilusões: a de que eu posso tentar ser uma super-heroína. Foram vocês que me ofereceram essa coragem. São vocês meu amuleto. E eu sei que, dentro de vocês, viverei para sempre. Serei imortal, finalmente, nessas memórias que construí.

Essa luta é o meu único caminho possível, embora eu saiba que a maratona termina de frente com essa tal bandida. E que ela vai roubar minha tão suada medalha.

Por isso, corro demais. Ainda.

escrevo porque não me caibo

Escrevo porque não me caibo.
Escrevo para ser livre.
Escrevo para me proteger, para me vacinar,
para entender, para elaborar.
Escrevo para não deixar de caminhar.
Escrevo para respirar.
Escrevo para não me isolar.
Escrevo para raiar.
Escrevo, pois, é o que vai ficar.

uma primavera chamada esquecimento

Comprei esse quadro chamado *Oblívio* – que significa esquecimento. São barcos sumindo num fundo acinzentado, um horizonte azul se anunciando de leve no meio da névoa.

Esquecer pode parecer triste. A gente teima em segurar algumas memórias tentando se lambuzar mais um pouco quando a saudade vem. Ficamos atrás de migalhas buscando reviver algo que já não está mais lá.

Esquecer, contudo, é também libertador. Abrir espaço para desabrochar novas histórias depende da nossa generosidade de deixar partir algumas memórias.

A tecnologia ensina isso para a gente, liberar espaço de memória pois o disco rígido está pesado. Apagamos algumas, surge mais espaço. Com a nossa mente às vezes funciona parecido: certas coisas só fazem pesar. Pesar no sentido de tristeza e também de peso.

Passei anos namorando esse quadro. Queria que ele fosse meu. Foi amor à primeira vista. Hoje, ao me despedir da minha sala, olhei para trás quando fui fechar a cortina.

Estava eu, a primavera e o esquecimento. Fiquei pensando, por fim, o quanto uma coisa depende da outra. Para que algo novo surja, é preciso deixar certas lembranças partirem, como barcos à deriva no vasto oceano da vida. Só assim se anuncia um horizonte azul. Do contrário, é só neblina que embaça os olhos.

E la nave va.

essa tal maternidade

Ser mãe é ser uma constante contradição. Há alguns finais de semana, resolvi ir sem as crianças para um casamento em Pirenópolis. Tudo certo, deixei-as aqui. O lugar é famoso pelas cachoeiras e a festa prometia ser boa. Fui só com o marido. Pela primeira vez viajei sem a pequena de um ano; o mais velho já está acostumado com algumas viagens.

Na mala: dois livros (confesso que estava empolgada com a solidão; pretensão minha: ler dois volumes em três dias).

No aeroporto de Congonhas, só com uma mala de mão, me sentia tão livre que até maquiagem comprei. Resultado: às dez da manhã eu já estava fantasiada em pleno aeroporto, rímel, batom, iluminador – tudo que a vendedora poderia me oferecer.

Quando entrei no banheiro, entoava mentalmente o pagode "Essa tal liberdade", que leveza, meu Deus.

Entro no banheiro e me deparo com uma mãe atrapalhada trocando a fralda de um filho, ufa que não sou eu. Olho para ela com carinho, como é difícil manter um bebê num trocador. Ela sabe que sou mãe pelo jeito que olhei para ela. Não há rímel ou delineador que disfarce essa troca de olhares. É que as mães se reconhecem pelo coração, não pelos olhos.

Avião quase saindo, passo em frente a uma loja de brinquedos. Uma Dory que repete o que a criança fala, grava e muda o tom de voz me chama. Gente, que maravilhoso, meu filho vai amar, ele adora o fundo do mar. Meu marido me convence que era um trambolho, muito caro, importado. Resignada, saio da loja de mãos vazias, trocando um olhar cúmplice com a vendedora. Com certeza ela é mãe também.

Um aviso que o avião atrasará: "Oba, livraria!" Há quanto tempo não leio uma revista: pego uma *Elle* nas mãos. No caixa vejo uma bola colorida de plástico que acende. Um polvo com vários tentáculos coloridos. Só tenho 20 reais. Mas meu filho vai amar. Para que serve mesmo revista? Fazer pilha e amontoar na sala. Folheio com rapidez, ah tá, entendi: cintura alta voltou. Ufa. Nada pode ser mais relevante do que isso na moda atual para uma mãe de dois. Nem precisei comprar a revista para tal constatação.

O polvo verde-limão, roxo, azul e pink vence.

Estou andando para a sala de embarque toda maquiada, com um brinquedo colorido que acende: sou uma contradição ambulante. Batom russian red na boca e uma sacola teimosa que não para de piscar. O tal brinquedo é exibido.

Já quase entrando no avião, vejo uma loja de artigos de renda: "Nossa, que lindo aquele vestido!".

Corro em direção à loja:

"Amor, vamos perder o avião", diz o sábio marido.

Pouco importa, o vestido de renda é a cara da minha filha, conto para a vendedora enquanto mostro a foto dela no celular.

Entro no avião, finalmente. Cheia de sacolas. Até um pouco exagerada para um voo doméstico.

Gabriel García Márquez ou uma soneca? Opto por ambos, que delícia.

Assim que pouso, sou tomada por uma saudade enorme. Ligo em casa, está tudo bem. Almoçaram. A pequena dorme e o mais velho me diz que vai ao cinema com o padrinho assistir ao filme da Dory.

Tudo está bem. Vou dançar bastante na festa, vou conhecer cachoeiras. Mas meu coração bate de verdade dentro daquela sacola iluminada, o resto é maquiagem.

está chovendo gelo outra vez

No filme *Manchester à beira-mar* a dor da melancolia foi tão claramente exposta que a cena nunca saiu de mim.

O menino não conseguia enterrar o pai, o solo estava muito gelado por causa da neve. Como todo adolescente, aparentemente estava bem, mas na verdade fervia.

Fervia quando ensaiava em sua banda de rock, fervia em seu silêncio de isolamento. Órfão, passou a morar com o tio, que, por sua vez, assombrado por outro luto, não dava conta de acolher o adolescente.

Numa determinada cena, o jovem se vê tomado por um ataque de fúria. Abre a geladeira para procurar um jantar. E a bandeja de carne, que não entrava no refrigerador e teimava em cair, cai em seus pés. Tomado pelo ódio, o menino chuta a geladeira tentando fechar a porta e aí tem um ataque dolorido de choro. Descontrolado.

Nada é dito, mas o que me parece é que a cena o remete exatamente a esse corpo-carne sem lugar, entre a geladeira e o chão, que lhe trouxe outra vez a lembrança viva desse pai tão querido. Sem lugar, sem espaço para cair no solo.

Estamos há um ano vendo pessoas caírem, sem lugar, sem pouso, numa porta que não fecha, um ciclo que não se acaba.

Eu vi um jornal cheio de covas, corpos num caminhão. Vi a catedral de Milão em silêncio. Ouvi São Paulo tão calada que chorei quando acordei com o barulho de um avião. O presidente da cidade luz está isolado, adoecido. Ganhei máscara de lembrancinha de aniversário de uma amiga. Fui em festa de criança no drive-thru do McDonald's. Cada uma no seu carro, acenando de longe, doidas para descerem. Mas resignadas de um jeito tão adulto, tão comovente.

Estamos há um ano vivendo à sombra de um objeto que não vai embora – um objeto não identificado, como diria Caetano, tão invisível quanto letal.

Um ano mergulhado na melancolia, como definiu Freud. Um ano cor de sombra.

Estou assistindo Caetano cantar nesse exato momento "Luz do sol".

Onde anda o sol? A glória da vida? No meio de tantas sombras assustadoras e fantasmagóricas?

E logo que me pergunto isso, já me vem à mente uma resposta com prontidão: a glória vem cada vez que eu luto por ela, com máscaras e álcool, longe daqueles que eu amo. Nas festas de que participei pelo Zoom, nas festas em caixa que apareceram aqui em casa. Nas máscaras N95, nos pacientes que recebi virtualmente, na apresentação on-line do meu filho na escola, em que chorei pra caramba. No balé mascarado da minha filha. Na serenata que inventei para minha mãe no aniversário dela e para a qual convidei o prédio todo, tentando deixá-la menos só.

A glória da vida está no amor, no acolhimento, na criação. No que a gente inventa para sobreviver. "O nosso amor a gente inventa", canta Cazuza, e seu poder derrete o gelo.

A noviça rebelde dizia para as crianças pensarem em campinas verdes, céu cheio de estrelas, gotas de chuva nas rosas e bigodes de gato – para espantar o medo. Colocava-as na cama e cantava para distraí-las do medo. Acolhidas, adormeciam e o terror partia. E, se vendo capaz de acolher as crianças, o medo da noviça de sua incapacidade de ser uma boa babá passava.

Gente é pra brilhar, não para morrer de corona.

Por hoje, teve Caetano.

E, enquanto ele cantava, quase mil melodias caíram em forma de gelo barulhento na minha janela. E eu me senti no quarto da noviça e não mais no *Manchester à beira-mar*.

Como dizia *Fräulein* Maria: "Quando Deus fecha uma porta, em algum lugar ele abre uma janela".

extremamente alto, incrivelmente perto

Ao caminhar pela manhã enquanto ouvia Ruggero Levy falando do trabalho do analista como construtor de andaimes de pensamento, no episódio "A polifonia da psicanálise contemporânea: as múltiplas linguagens do homem" do podcast *Talks on Psychoanalysis*, me perdi entre algumas imagens e questões. Como construir andaimes em nossos pensamentos num momento em que tudo parece despencar? Falta insumo, falta vacina, falta empatia. Não há um só andaime de esperança que atualmente nos sustente.

Às vezes ler o jornal dói. Em cada página a sensação que fica é de que pela manhã somos acordados com um balde de água gelada, torturados. A chacina de Jacarezinho, 70 milhões de vacinas que não chegaram, CPI da Covid, o menino Henry. O medo do colapso é real.

Por onde recomeçaremos e com que esperança reconstruiremos o que sobrou? Como voltar a sonhar em tempos em que nos anestesiamos diariamente para dar conta de sobreviver?

A fila da cesta básica da Igreja ao lado do consultório cresce semanalmente. Outro dia, um homem dessa fila se ajoelhou na frente do meu carro pedindo ajuda. Ele despencou, numa fração de segundo, mãos em prece: "Me ajude...", ouvi mesmo com o vidro fechado. Já a paciente seguinte passou a sessão inteira se queixando que não poderá ir para a Bahia com as amigas na semana de festas nas férias: "As festas foram canceladas, revoltante!", ela dizia.

"Como faço caber no peito duas experiências tão antagônicas que se deram em menos de quinze minutos?", penso durante a sessão. Há uma distância segura possível, em que posso me apoiar e seguir trabalhando, sem atuar, ou me sentir culpada pelo privilégio de ter um trabalho? Reflito para não despencar. Concluo que é um retrato vívido do Brasil atualmente: miséria e descaso.

Sim, foi Freud quem disse que somos constituídos por uma série de lutos, mas a impressão que tenho é que esse luto não se conclui nunca. Estamos há muito tempo nessa neblina melancólica e acinzentada que se tornou nosso país, vivendo um dia de cada vez, e cada vez mais perigosamente adaptados a essa desesperança que nos assola.

Nos acostumamos a não fazer planos, a não sonhar. Assim como os personagens de Macondo em *Cem anos de solidão,* de García Márquez, que, quando acometidos pela peste da insônia, param de sonhar e entram num estado de hipervigilância. Estamos o tempo todo de pé, a postos. Contaminados pela peste do desamparo. Eis o balde d'água gelada matinal: "inútil dormir que a dor não passa", cantou Chico. Nos habituamos à dor, aos números, à saudade. Nos habituamos, ainda que indignados.

Como elaborar tantas faltas, tantos buracos? (Escrevo e me lembro das valas de Manaus, terra árida, infinitos buracos sem contorno.)

São incontáveis as cenas impossíveis de acomodar na mente. Caminhões de caixões na Itália. O papa rezando a missa sozinho, enfermeiros sendo filmados tirando vacina de idosos. Apagaram o Cristo Redentor semana passada.

Meus filhos se acostumaram a ver a avó de longe e dela manter uma distância segura. Ela sempre esquece, num primeiro momento, que não pode abraçá-los e abre-lhes os braços, instintivamente. Eles, cautelosos, dão um passo para trás e me olham certos de que estão sendo obedientes. Hoje não abraçar os mais velhos é sinal de respeito e zelo.

Na semana passada, não resisti: era aniversário de 82 anos de minha mãe e enfiei as crianças numa capa de chuva para que pudessem abraçar a avó. Percebi a emoção que ela sentiu ao abraçar o corpinho infantil dos netos: "Como vocês cresceram nesse ano", ela disse. Eles cresceram, ela está mais velha. O relógio teima em correr, o tempo passa sem se acomodar, ele não se afeta pela pandemia. Ele, sim, corre com liberdade.

Comovida em silêncio, ao testemunhar a cena, me lembrei de Tom Jobim: "Dentro dos meus braços/ Os abraços hão de ser milhões de abraços/ Apertado assim, colado assim, calado assim". Um ano de crédito de abraço foi pago ali, naquele momento. Sorri, aliviada, pensando que não deixava de ser uma cena pela qual lutei nesse tempo todo – e fiquei grata também, em nome dos que não puderam ter a mesma sorte, pois perderam seus familiares para a Covid.

Subi novamente no andaime, olhei para o céu com medo, mas vi menos nuvens e algum raio de sol. Olha, isso é felicidade, lembra? Fiquei contente. "Mas melhor não me acostumar", pensei na sequência. "Vai que pegaram algo na escola..." É meu devaneio no fim do dia, quando me percebo assolada pelo medo que costuma me visitar de noite. À noite todos os gatos são pardos e todos os vírus invisíveis se agigantam.

Outro dia, antes de dormir, minha filha pequena começou a chorar copiosamente. Reclamou da saudade dos amigos e da professora de balé, da falta de sua rotina e, finalmente, do quanto detestava usar máscara. "Eu vou ficar banguela e nem vou poder mostrar para ninguém, mamãe. Vou estar de máscara." Estávamos as duas no quarto escuro e me vi também chorando em silêncio. "Minha saudade é tão parecida com a dela que não sei se consigo consolá-la", pensei, impotente. Segurei sua mão e disse que estávamos juntas e que eu sentia o mesmo que ela. (Essa frase eu tenho usado muito no consultório também.)

Poder compartilhar o medo de mãos dadas com alguém também pode ser um andaime. Talvez estejamos fazendo isso com os pacientes, na compreensão que lhes oferecemos nesse momento tão obscuro. Oferecer um andaime nesse abismo que estamos vivenciando pode ser uma linha fina de esperança.

Nessa noite de choro da minha filha, adormeci ao seu lado e sonhei que ela havia sido levada por uma cachoeira enorme. Acordei assustada e me lembrei de um texto que escrevi certa vez, no qual comparava o trauma a uma tromba-d'água, dado o afluxo de excitação para o aparelho psíquico. Minha filha pequena desaparecendo numa tromba-d'água. Acordei, ufa. Acho também que já sei o que meu sonho quer dizer. O gato da compreensão é um bichano mansinho.

Subo outra vez no andaime. Estou acordada, estamos despertas, estamos a salvo. O jornal ainda não chegou, os medos de ontem eu já conheço. E a eles sobrevivi, ainda que duramente. Os de amanhã ainda não chegaram. Ainda.

Mas, inevitavelmente, antes de trabalhar, vou passar na frente da tal Igreja. Não há andaime que me desvie desse caminho.

farfalle

Disseram que seu coração tinha parado
Mas acho que ele tinha ficado incorporado para sempre no meu,
Minha primavera secreta – de mais ninguém.

Dentro de mim seu batimento vai ser sempre rápido, feito asa de borboleta.
E ainda que você não tivesse forma alguma, te ofereço a mais bela, a de borboleta.

Como é possível sentir saudade de algo que nunca sequer tocamos?
Ou dar forma para algo que só existiu dentro de nós?

Se você nunca sequer saiu para conhecer o mundo, é provável que algo de você nunca tenha de fato me deixado.

Ou tenha sido uma borboletinha que voou do meu estômago para o mundo todo, para me lembrar de como já gostei de voar.
E asas de borboleta parecem dois corações eternamente costurados.

O meu e o seu.
Escolhi te chamar de infinito
Para dar um nome para o meu adeus.
Eu te batizo para que possamos nos despedir.

faz de conta que hoje é natal

PARA SAMIR RAZUK (*in memoriam*)

Assim estava escrito no quadro do escritório do pai da minha amiga que ficava pregado na parede, atrás de sua mesa de trabalho. Quando ouvi essa história, fiquei pregada nessa frase. Minha amiga queixou-se que, após a morte do pai, não sabia onde estava o tal quadro, mas que nunca se esquecera dele. Desse dia em diante, nem eu.

Hoje bem cedo acordei e fui chamar meu filho para a aula. Abri as janelas do seu quarto, era uma manhã bonita de verão. Céu azul na moldura branca da janela, a copa cheia das árvores e a luz dourada do amanhecer. Aquele silêncio repleto de promessas de um dia que acaba de nascer, numa quarta-feira comum. Abracei meu menino com ternura, ele ainda quente do cobertor, com aquele cheiro de criança suada que brincou e correu bastante no mundo dos sonhos. De olhos fechados, me disse que não queria acordar, que tinha dormido tão bem que parecia ter acabado de dormir. Concordei com ele, que acordar de uma noite bem dormida pode ser duro.

Em seguida ele se virou e olhou pela janela: "Olha que lindo, mãe, a luz nas árvores. Parece que estamos na fazenda".

Respondi, contente, que estava orgulhosa, que ele estava sabendo ver a beleza das coisas. "Não é sempre fácil, mas procure por ela, filho. Esse olhar que insiste em procurar pelas coisas bonitas é raro e precisa ser cultivado com alguma insistência. Ajuda muito a gente a crescer quando procuramos enxergar alguma luz no momento presente." Ele sorriu e eu lhe disse que o agora se chama presente porque sempre nos traz algo. Ele foi escovar os dentes enquanto repetia, presente, presente. Eu sorri ao ouvir. Que presente essa conversa, e nem eram sete da manhã.

Depois que ele foi para a escola, olhei para o céu outra vez. A primeira hora da manhã é sempre uma aposta. Eu sempre achei lindo ver a cidade começar a funcionar, parecendo um corpo despertando. O dia é teimoso independentemente do que se passou na noite, ele se renova. O agora se impõe.

Fiquei imaginando que talvez fosse isso que aquele quadro queria dizer: procure pelo presente. Obrigada, Tio Samir, por me lembrar que às vezes é preciso fazer de conta que hoje é Natal e sair correndo à procura do presente embaixo das árvores.

E sair correndo pela sala, orgulhosa do que a vida nos trouxe.

três feriados, três finados

flor da solidariedade, 2017

Finados é dia de visita. Vira uma nova tradição familiar depois que alguém que a gente ama vai embora. Levar flores, escolher um belo arranjo e contar para quem partiu sobre nosso amor que continua, mesmo na ausência. Com o tempo viram dias de ternura. Meu filho um dia me disse que, quando a gente morre, não faz aniversário de Mickey ou de pirata, faz aniversário no cemitério.

Aprendi a ver finados como um dia mais florido com a ajuda da passagem do tempo. Num de meus primeiros Finados chorei tanto e tão profundamente que fiquei um longo tempo no carro com a cabeça afundada na direção. Até que ouvi alguém bater no vidro. Me assustei, era um homem em situação de rua. Disse que não tinha dinheiro, mas ele respondeu:

“Faz tempo que seu finado se foi? Eu sei o que a senhora está sentindo, já perdi meu irmão. Vai melhorar, dona, leva tempo. Tenha paciência.”

Foi uma cena tão linda que parei de chorar na hora. Sorri para ele, agradeci e tive uma enorme vontade de abraçá-lo. Éramos feitos da mesma carne, a carne da saudade.

Sorri e liguei o carro. Já era hora de voltar. O cemitério Ituano fica numa avenida chamada “avenida da Saudade”.

Mas era hora de pegar outra vez a estrada da vida. E seguir em frente.

Nos anos seguintes não vi mais aquele homem. Mas, naquele finados, fui eu quem ganhou uma flor: a flor da solidariedade. Por uma coincidência linda, meu pai me chamava de flor.

a fugitiva, 2020

Eram 15h50, plena pandemia. Eu não sabia que cemitério tinha horário para fechar; aparentemente até os mortos tiveram que sucumbir ao novo normal.

Cheguei atrapalhada por me perder na letra de uma canção; acontece muito e acabo não ouvindo o Waze, ficando refém de muitas e muitas voltas malucas até encontrar o caminho da avenida da Saudade. Como psicanalista, meu modo atenção flutuante está sempre meio ativado, o que me causa problemas no trânsito com frequência.

Cheguei com certo atraso, mas cheguei.

O lugar é charmoso, tem uma praça no meio e é rodeado de muitas árvores que tornam a entrada relativamente esverdeada, apesar do acinzentado dos túmulos de mármore.

Sim, a entrada é sempre impactante, e dessa vez eu estava mascarada e me deparei com os portões enormes de ferro fechados.

O guarda me disse que estavam fechando, mas que me daria dez minutos, que eu ficasse tranquila. Expliquei que não era de Itu, e sim da capital, e que seria breve.

Ao chegar no túmulo, tive que fazer uma atualização rápida de 2020 e nem sabia por onde começar. Foi um breve *update*, mas supus que não seria necessária muita explicação, já que os espíritos devem estar a par de tudo antes de nós, mortais.

Há alguns anos, entrava nesse lugar achando que para sempre seria triste, e hoje já é tudo diferente, tão mais leve, tão coagulado.

Será que o mesmo se dará com a covid daqui a uns anos? Será que esses tempos tão sombrios coagularão também?

Até que de repente me dei conta: estava sozinha no cemitério, eu e todos aqueles mortos. A tarde estava serena e silenciosa. Não tive medo, mas fui tomada por uma necessidade de escapar.

"Tenho muito o que fazer", pensei, "antes de me juntar a vocês, pessoal". Apertei o passo com pressa. Eu estou viva, ainda bem, e sobrevivi a esse ano maluco, ano que vem volto com calma, mas hoje a pressa é para agradecer a força conquistada a cada dia para sobreviver a esse período tão assustador.

Talvez a única forma de agradecer essa conquista seja viver de maneira plena.

Na saída, a placa "Nós que aqui estamos por vos esperamos" me pareceu reconfortante, mas também desnecessária. Esse foi um ano de tantas esperas. "Fiquem esperando vocês", respondi mentalmente, vingativa. "Eu, que aqui estou, espero é sobreviver."

Não fui muito elegante na resposta, mas alguma agressividade é bem útil na conservação da vida, já dizia Winnicott.

"Dentro da palavra finados está a palavra fim e eu ainda estou no meio", concluí.

Então, sorrindo, me despedi do guarda, vestido de preto.

"Foi rápido, moça."

Liguei o Waze novamente e outra canção começou no rádio. Com as mãos no volante, abri a janela e deixei o vento entrar.

Não me lembro bem a letra, verdade seja dita, já faz um mês – e estava bastante preocupada em prestar atenção no caminho de volta.

sobre chuvas e rios, amor e canções de ninar, 2021

PARA LUIZ RECHE E THAÍS HELENA PAES DA SILVA
(*in memoriam*)

Minha avó dizia que no feriado de Finados sempre chove.

Eu sempre achei isso bonito. Parecia que os mortos choravam a saudade do mundo todo céu afora, ultrapassando as camadas, tentando chegar na gente, molhando nossa roupa para mostrar que ainda se lembravam de nós. Eu sempre entendi a chuva de Finados como alguma generosidade celeste, um último gesto de compreensão do universo ante o desamparo de quem sobra.

Hoje amanheceu com sol, mas os dias anteriores foram chuvosos e tristes. Acompanhar o primeiro Dia de Finados de uma grande amiga não é fácil. Estive com ela no cemitério vendo sua vez de entrar sozinha na avenida da Saudade. Abracei-a forte para tentar aliviar sua dor. Na saída do enterro, vieram todas as amigas num abraço desesperado, coletivo, na tentativa de um contorno que fosse forte o suficiente para ajudá-la a não despencar. Via a violência da dor da perda entrando na casa dela, daquela família tão querida que tanto me acolheu na juventude e, calada, impotente, só tinha amor para dar: mais nada.

Tenho um grupo bonito de amigas que está junto há muitos anos e que, nessa hora, de fato se une com compaixão. Há alguns anos, elas me vestiam para me preparar para o pior dia que eu tinha vivido até então. E uma delas, a Helô, chegou a lavar o meu cabelo, tamanha a fraqueza em que eu estava – disso eu nunca esquecerei: ela vestida no box comigo, eu dizendo "Não vou conseguir" e ela dizendo que estava ali, enquanto tirava meu shampoo.

Agora adultas, outro pai se vai esta semana, um pai que era tão amável e tão generoso que só podia morrer em Finados, porque merecia as lágrimas do mundo todo, merecia a chuva de Finados que minha avó tanto respeitava.

Foi na saída do enterro que todas decidimos visitar o túmulo da mãe da Helô. A primeira mãe de amiga que vi morrer tão cedo, tão jovem, tão abruptamente. Lá estávamos nós outra vez, mesmo cemitério, motivos diferentes, dores iguais, amizade igual, não mais adolescentes, agora mães.

O tempo, com sua generosidade, havia transformado aquilo que parecia irreparável numa cena bonita, de amigas contemplando a magia da sua passagem, que alivia o sangue da saudade e a transforma numa palavra bonita, de aconchego e de encorajamento.

Rezamos juntas e decidi roubar uma florzinha do buquê do túmulo ao lado para decorar a casa onde mora essa mãe da minha amiga há mais de 25 anos. Imaginei que no céu não havia propriedade privada. Elas fizeram o mesmo, pegaram flores que lá deixamos, nos despedimos e fomos em frente.

25 anos depois, resignadas e agora acolhendo alguém que nesse momento perdia outro amor e que precisava de nós.

Eu não sei o que seria da vida da gente se não pudéssemos contar com esse tipo de amor, de lealdade, nesses momentos. Me lembro de um trecho do livro *A ridícula ideia de nunca mais te ver* em que a autora, Rosa Montero, conta que cuidava sozinha do marido doente, atendendo a um pedido dele. Já no final, exausta, certo dia toca a campainha de sua casa e lá estavam todos os seus amigos, prontos para acampar na sala de casa com ela, levando comida, vinho, acompanhando os instantes finais lado a lado. Ela escreve que, ao abrir a porta e encontrá-los, sentiu como um rio invadindo sua casa, uma represa rompendo espaços. E reconhece que foi a cena mais bonita vivida até então.

O presente mais caro que a morte oferece são essas companhias que nos ajudam numa travessia tão escura, tão sem nome, tão muda. A voz daqueles que mais amo em momentos de luta jamais sairá de mim e agradeço todos os dias por eles estarem comigo feito anjos. Quando nos falta coragem, eles nos abastecem de afeto. Feito a chuva generosa que renova o solo seco e triste onde nada mais parece brotar. Feito a canção de ninar que acalma quando a vida mais parece um pesadelo.

Pensando bem, aquilo que disse no começo do texto não está correto.

Amor está longe de ser mais nada. Amor é tudo que a gente precisa mesmo, mais nada.

invasões bárbaras

Meu amor por você
Não precisa de casa
Nem de país
Não precisa de visto
Não precisa nem de você

Ele existe, simplesmente

Faz com que eu abra o olho de madrugada
E me lembre do que já fomos
E eu me recarrego com nossas memórias
Agora só minhas

E no meio do dia, se vem saudade
Eu aceito
É nesse planeta que você mora agora
Dou uma volta nele, entrelaço-o com ternura

E vou em frente e passo um café

le chat domestique

Ele se chama Cookie, tem os pelos brancos, uma mancha preta e uma charmosa coleira vermelha.

Aparece no muro de casa toda manhã e desce ao ver minha filha, que o recebe diariamente com grande entusiasmo.

Pertence à família francesa que mora na casa do lado, mas o bichano nos visita duas vezes por dia desde que nos mudamos.

O felino malandro entra na minha casa e corre atrás da minha cachorra, com quem se esconde na barraca do jardim, brincam juntos contentes e depois vai até os quartos subindo a escada, sentindo-se parte de nós.

Ontem eu estava olhando seus movimentos tão leves e calculados para pular do muro e entrar no quintal: a liberdade com que caía, seu pouso elegante, silencioso feito o salto de uma bailarina.

Enquanto olhava, me lembrei dos saltimbancos: "Nós, gatos, já nascemos pobres, porém, já nascemos livres".

E senti uma inveja danada dessa liberdade.

Cookie entra sem medo dentro dos meus armários de sapato, outro dia estava feliz esticado na minha cama.

Consegue ir e vir sem pedir licença, sem se desculpar, sem máscara, sem álcool em gel. Hoje sou eu que me sinto usando uma coleira, presa em casa, amedrontada.

Ando com saudade do que não é lá grande coisa: fazer supermercado, ginástica, encontrar minhas amigas, assistir ao vivo a um seminário de psicanálise, atender meus pacientes. Coisas que eram tão minhas, mas hoje só Cookie conseguiria fazer em paz. Coisas que para mim eram grandes e me fazem muita falta, desde que a covid virou parte de nós, também sem pedir licença – diga-se de passagem.

Quando me deparo com esse pensamento me entristeço. Lembro-me da gata do espetáculo *Cats* que canta "Memory", recordando, entristecida, de um tempo que não volta.

E então me vejo tão empobrecida, feito gata borralheira, em busca de uma fada com uma varinha de condão que transforme nossa triste realidade. Quem sabe se em suas mãos, em vez da varinha, tivesse uma seringa com a vacina milagrosa, que pudesse chegar antes da meia-noite. Ou então antes da primeira hora da manhã. Que é a mais difícil de todas.

Ou quando acordo mais um dia tentando domesticar meus medos felinos.

Por hoje, *bonne nuit, Cookie.*

Good morning, Vietnam, uma guerra todo dia no noticiário da manhã.

o céu de ícaro tem mais poesia que o de galileu

O que você faria se só te restasse um dia?
Se o mundo fosse acabar, me diz o que você faria.
Abria a porta do hospício
Trancava a da delegacia
Dinamitava o meu carro
Parava o tráfego e ria

PAULINHO MOSKA, *O último dia*

Domingos de Oliveira, no filme *Separações*, fala que a verdadeira liberdade do homem não é seguir seus impulsos, e sim suas escolhas. Porém, dificilmente essas duas coisas caminham juntas: uma vez que escolho algo, meus instintos são sufocados de alguma forma. Escolha e limitação estão sempre entrelaçadas. Qualquer que seja a trilha escolhida, segue dentro de mim uma oportunidade que ficou para trás. Posso ser eternamente grata pelas escolhas que fiz, mas inevitavelmente fica um buraco inacabado.

O que aconteceria se fôssemos totalmente livres? Sem amarras, sem leis, sem o amanhã? De longe essa ideia parece um sonho, mas, se aproximarmos nosso olhar um pouco mais, estamos diante do caos. Existe algo no limite que me protege, que me ampara, inclusive de mim mesma. Dos meus impulsos. Somos feitos de som e fúria, assim como a vida.

Em *O mal-estar na civilização*, Freud sinaliza a importância das leis para a construção da sociedade. Elas seriam responsáveis por frear os instintos agressivos. Esse sentimento nos impulsiona para ir adiante e lutar. Agressividade é vida: não se coloca um filho no mundo sem fazer força, nem terminamos uma maratona ou aprendemos a nos defender sem ela. Também é preciso uma dose de agressividade para lutar contra uma doença. Por outro lado, esse sentimento pode ferir o outro e a mim mesma.

Existe no ser humano uma disposição para tornar-se bárbaro. "O homem civilizado trocou um tanto de felicidade por um tanto de segurança", disse Freud nesse mesmo texto.

A cultura nos ajuda a transformar nossos instintos. Por exemplo, estou com raiva, descarrego nos esportes, vejo um filme de ação e satisfaço meu desejo de extravasá-la.

As mesmas leis que nos aprisionam possibilitam a construção de algo. Sem paredes nada se constrói. De alguma forma, nossa sociedade pôde se desenvolver a partir de regras, e elas impedem que não fiquemos tão ameaçados. Afinal, como sabemos, o homem é o lobo do homem.

Uma certa dose de limite nos torna menos desamparados, menos expostos. Para ser livre, devo respeitar algumas regras. Renato Russo dizia que disciplina é liberdade. Concordo. A disciplina nos ampara. Uma boa alimentação garante uma vida mais saudável. Falar tudo que penso às vezes pode machucar pessoas de quem gosto. Beber excessivamente por vezes traz culpa e ressaca moral. Dirigir em alta velocidade pode causar acidentes. Estudar no tempo certo garante férias mais longas.

Na mitologia grega, Dédalo, para sair do Labirinto, constrói asas para seu filho Ícaro. Mas lhe diz que não voe muito alto, perto do sol – elas podem se derreter. O filho, deslumbrado com a possibilidade de voar, vai muito longe, se aproximando demasiadamente do calor, e perde a vida. Devemos fazer bom uso de nossas asas, para não nos machucarmos.

É só pensarmos nos adolescentes, no quanto um excesso de liberdade pode trazer consequências irremediáveis. Um jovem sem limite pode se tornar extremamente destrutivo. Isso porque a juventude é dotada de muito poder e onipotência. Por isso, quando jovens, flertamos muitas vezes com situações de risco, achando que somos maiores e mais poderosos do que nossos pais ou do que qualquer figura de autoridade, até mesmo maiores do que a morte.

Existe também um pensamento que liga a loucura à liberdade, à inconsequência, aos atos. No entanto, quando se é prisioneiro de uma dor incomunicável e intransferível, isso nada tem de livre. O distúrbio psiquiátrico é, a meu ver, uma das mais dolorosas doenças, não compartilhada, solitária, triste. Falo isso com conhecimento de causa, pois durante sete anos trabalhei no Instituto de Psiquiatria do Hospital das Clínicas.

Numa instalação em Nápoles, Marina Abramović colocou um cartaz com os dizeres "Façam comigo o que quiserem" rodeado por uma série de objetos aleatórios, entre eles um revólver e um batom. A instalação teve fim com a interferência policial, após uma pessoa lhe apontar uma arma. O que nos faz pensar no quanto a vulnerabilidade e a fragilidade do outro pode despertar os mais diversos sentimentos. Se você me autoriza, até onde posso ir? E se você for autorizado, até onde pode ir?

Os apaixonados sofrem desse mal; quando se entregam deliberadamente, por vezes despertam no objeto amado uma relação de domínio e desprezo. Ou seja, essa entrega para o outro por vezes desperta nele sentimentos hostis. Deve ser por isso que, depois de um certo tempo, nos entregamos com mais reserva, diferentemente do primeiro amor. É preciso que sobre um pouco de mim. Que você não me use a torto e a direito. Pois uma entrega excessiva pode ser fatal.

Porém, falar de amor inevitavelmente abriga a ideia da coragem da entrega. Coisa rara. O amor sempre traz consequências. Talvez a liberdade do amor implique em aprender com elas. É preciso sair de si sem covardia para que esse aprendizado ocorra. Sem nos aprisionarmos ao ressentimento quando essa história acabar.

metamorfose ambulante

Foi outro dia mesmo que meu filho chegou em casa contando que estava estudando metamorfose na escola. O girino que vira sapo, a transformação da borboleta e por aí vai.

Até que, antes de dormir, quando ele me pediu uma história, minha mente se lembrou de Gregor Samsa, o pobre moço que acordou transformado numa enorme barata. Contei a história para ele achando uma tremenda ideia, a começar pelo fato de que Kafka era duro e penhorava seu casaco no inverno para poder comprar tinta para escrever. Achei que, ao contar isso, poderia explicar algo sobre a necessidade, a falta, o sonho e a determinação.

Comecei empolgada, estava tudo indo bem. Até que me dei conta do trágico final que viria a seguir. Não poderia correr o risco de deixar meu menino assombrado com a solidão e o esquecimento que acompanharam o fim da vida do personagem. E daí tive uma ideiazinha de licença poética, de mãe superprotetora:

"Sabe, meu filho, estava lá o Gregor transformado numa barata bem feiosa, na janela, triste, achando que ninguém mais queria ter ele por perto. Até que passou uma moça chamada GH, que olhou para ele e viu toda a razão de sua existência. Subiu na janela, deu-lhe uma mordida e viveram felizes para sempre. Encontrados. E fim de papo."

Ele dormiu feliz. E eu fiquei pensando sozinha. Como seria lindo se alguns personagens pudessem se conhecer e se encaixar um no outro. Tipo se o Meursault de *O estrangeiro* encontrasse a Amélie Poulain ou se a Úrsula de *Cem anos de solidão* conhecesse o Holden Caulfield – ela o ajudaria a se questionar menos? Ou se o Nino Sarratore encontrasse uma boa analista, será que daria paz para Lila e Lenu?

Também, às vezes, quando morre alguém querido, fantasio um encontro seja lá onde for. Celeste, minha professora de yoga querida, pode ter conhecido minha tia Uda, que vivia com dor nas costas. Minha avó, que era toda pra frentex, pode encontrar a Cidinha, a cozinheira que me criou e passou a receita de pão de queijo pra ela.

Meu pai pode ter conhecido a Rita Hayworth e brigado com o pai do meu amigo Tato Badra por causa dela lá no céu.

Na minha fantasia, estão todos encontrados e pertencendo a algum lugar. Se foram personagens ou parentes, não importa, ninguém fica de fora. Em mim vão estar eternamente vivos – enquanto eu respirar, são meus. É esse o meu desfecho, a minha metamorfose com tudo que eu amei, encontrei, li e vivi.

Me lembrei do filme *O escafandro e a borboleta*, em que o jornalista que sofre um acidente e fica tetraplégico diz:

"Meu corpo é meu escafandro. Minhas memórias são minhas borboletas, com elas vou a qualquer lugar."

Eu não ando só, só ando em boa companhia.

Dentro de mim ninguém vira barata.

no hay banda

O silêncio sempre é um palco para uma série de experiências. Vem antes do primeiro beijo, ou quando encontramos a pessoa amada. Pode ser a festa que for, o trânsito, o caos: basta olhar para aquele alguém e tudo se aquieta ao fundo, e a gente só ouve a batida frenética do coração. Pronto. Mãos ao alto, estamos reféns. O mundo se cala para conceber aquela história que vai se iniciar. Talvez seja essa a impressão diante de uma tempestade que mudará para sempre nossa vida.

O silêncio é tanto o começo como o fim de tudo. Mas comunica sempre. Caminha junto com a existência humana. O silêncio da sala de parto antes de um filho nascer é cortado por um grito de amor que se instala em nosso peito, nomeando aquele alguém dentro da gente eternamente.

Tem o silêncio do segredo, do não dito, daquilo que paira pelo ar e que de alguma forma se impõe e guia secretamente, sombreando a história de alguém. Este aprisiona de forma constante. São aqueles segredos familiares que sempre estão presentes, mesmo se nunca revelados.

O silêncio pode indicar tanto um excesso de intimidade – estar só na presença do outro com tranquilidade, estar tão à vontade a ponto de não precisar das palavras como forma de entretenimento – quanto escancarar sua falta – aqueles casais que nunca desejamos nos tornar em restaurantes, indiferentes à presença um do outro.

Tem também a calada da noite, na qual somos visitados por nossos medos, dúvidas e ansiedades. Existe um lugar no meu silêncio onde tudo pode acontecer: minha fantasia. E tem também o silêncio que fica depois da morte de alguém. Como experiências tão antagônicas podem ser tão semelhantes e ter em sua essência o mesmo barulho?

Depois que meu pai morreu, ele virou silêncio – apenas no mundo exterior. Dentro de mim, a voz dele ecoa dia após dia. Lá eu o encontro, e então conversamos outra vez. São as lembranças que dançam em minha mente quando estou só, quieta, antes de dormir. Ou quando estou num impasse, diante de uma escolha: dou um passo para trás e ouço-o falar. Respeito essa voz, que agora mora em mim, na minha quietude. O único lugar em que ele continua vivo, onde é imortal. É minha herança preciosa, com a qual dialogarei enquanto existir.

Engraçado isso da vida. As pessoas não precisam ser eternas para manter-se dentro de nós. Basta terem sido especiais para deixar um registro. Em psicanálise, a gente chama isso de objeto interiorizado. O trabalho do luto é justamente o de fazer com que se entenda que a pessoa perdida não mais existe na realidade.

Não é à toa que, em espanhol, a palavra luto é traduzida por duelo – uma vez que é uma luta aceitar que o mundo não mais abriga aquele objeto de amor. A realidade fica calada, mas, dentro de nós, o barulho pode ser infinito – basta saber se ouvir.

Saber se escutar, se respeitar, é um dom raro, especialmente no mundo de hoje, em que tudo é tão barulhento, rápido, rasteiro. Mas, às vezes, se a gente se dá a chance, esse contato se faz, puro e genuíno. Nessa hora, escuta-se a intuição e aprende-se a respeitar esse segredo que nosso inconsciente nos conta, tão poderoso mas que, ao mesmo tempo, pode passar despercebido.

Esse seria um silêncio mais contemplativo, que transita em nós com a liberdade de colher imagens, sensações, para compor nossas ideias e percepções. E, quando acertamos com nossa intuição, vem uma sensação de poder e de liberdade indescritível. Diria que é tipo mágica. Algo que nos aproxima da divindade. Esse seria o mesmo caminho da fé.

A fé no sentido não de dogma ou de doutrina, mas de uma crença interna, que nos alinha a pensamentos de ordem espiritual, sensação rara de estar em contato com o universo como um todo. É nesse lugar que se encontra a paz. Já dizia Gilberto Gil: "Se eu quiser falar com Deus/ Tenho que ficar a sós/ Tenho que apagar a luz/ Tenho que calar a voz/ (...) Ter a alma e o corpo nus".

E como não falar de como meu silêncio impacta o outro? Marina Abramović, na instalação *The artist is present*, fica dias calada, sentada, e se oferece ao encontro de estranhos. Nada é dito. Quem chega e a encara tem diversas reações: choram, gritam, tentam fazê-la rir, contam suas histórias... Encontram-se consigo a partir daquele ser imóvel, que os encara. E assim, sentindo-se contemplados por um olhar forte e silenciosamente marcante, têm reações espontâneas.

Basta um olhar contemplativo para que a gente se sinta existente. Um olhar puro, calmo, que recebe e aconchega. Esse também é o papel do analista quando recebe a história de alguém em seu consultório. Os dois nunca sabem o que está por vir.

A surpresa só pode vir do silêncio. Assim como a tempestade, a saudade, o amor, a vida, a morte e a paz.

normal people (de perto e amando ninguém é normal)

A série é curta: são apenas doze episódios. Mas a gente vai se envolvendo com o casal logo de cara e cada vez mais intensamente, feito amor à primeira vista. Assistimos aflitos aos silêncios, aos impasses, sofremos com as distâncias e nos excitamos com as aproximações.

Doze curtos capítulos, que nos mostram que nenhuma série (assim como nenhum amor) precisa ser longa para reverberar por muito tempo. Desligar-nos da narrativa de ambos é tarefa difícil, eles nos tomam, nos arrebatam. Como uma paixão que custa a sair da mente, tamanho o efeito hipnótico.

A trama gira em torno de Marianne (Daisy Edgar-Jones) e Connell (Paul Mescal) e se passa numa Irlanda acinzentada e fria. Ao longo das cenas, o telespectador vai se envolvendo e percebendo a força desse vínculo. Baseada no livro de Sally Rooney, seu efeito é apaixonante. Encanta e nos oferece um espelhamento do que é um amor normal: na verdade, do quanto não ficamos normais ao amar alguém.

Freud fala que nada nos torna mais frágeis do que o amor; somos tomados por sentimentos conflitantes: euforia, impasses, dores, angústias, desamparo, paralisações e dolorosas escolhas.

Amar sangra, desorienta. Mas sangue é também fluido vital – e isso aparece o tempo todo na história: o poder do amor de despertar do isolamento, do abandono, da depressão. A força reparadora desse sentimento tão fertilizante – que *repara a dor.*

Ao longo da série, a bela fotografia antes de cores desvitalizadas ganha tons fortes, tal qual o pulsar de um coração que cresce e se aquece ao ver a pessoa amada. Como um corpo morto que renasce com um beijo apaixonado. É mesmo essa ligação que gera a vida, nos dá contorno, segurança, conforto. Contudo, a série revela também o abismo que nos traz a ausência desse sentimento, assim como o buraco da falta de um outro tipo de amor fundamental: o amor-próprio.

São poucas as pessoas que realmente amamos na vida, isso fica claro a partir da série.

E há um motivo para serem poucas: a intensidade dessa ligação.

Confesso que sentirei saudades de contemplar o amor desses dois – sentimento que permanece após a televisão desligada.

Assim como certos amores que permanecem vivos em nossa alma, ainda que na realidade já não existam mais.

nos deram espelhos e vimos um mundo doente

A cidade estava tão quieta hoje que dava para ouvir
o barulho assustado do meu coração.
Respirava com lamento, mas ainda me sentia viva.
Culpada por esse privilégio, entre tantos outros, que nessa
semana estavam tão evidentes.
O silêncio denso contava alto e em bom tom que um pedaço
do mundo estava adoecido.
A dor está no ar.
O medo está no ar.
A miséria está no ar.
O descaso está no ar.
O vírus está no ar.
(Eu penso enquanto caminho)
A cidade muda no sábado à tarde, que mais parece domingo.
Mas o que parecia calma era na verdade desalento.
Tem sido domingo há três meses.
Três longos meses.
Desde quarta-feira de cinzas.
Semanas que revelam uma metrópole desprotegida,
assustada.
Parece cinza.
Ainda que tenha sol.

Chegou outono, folhas no chão.
Nas ruas as pessoas têm medo de se aproximar.
Nem se olham de pavor.
Envergonhadas por sentirem repulsa umas das outras: "Será que ele carrega o vírus?", penso ao cruzar com um amigo na rua e de longe acenar.
Tudo fechado.
Parece terra de ninguém.
Mas é minha terra. Onde eu nasci.
Tenho que me adaptar.
Essa noite choveu gelo.
Deve ser dos corações dos insensíveis aos números. Assim espero.
A semana começou com um homem suplicando para respirar enquanto outro colocava o joelho brutalmente em seu pescoço.
Eu li a notícia com pressa, pois não aguentei. Mas a notícia virou protesto, entrou por todos os lugares, mesmo eu tentando mudar de canal.
Então sonhei com George.
George no chão, sem ar.
Li em algum lugar que ele gostava de levar as palavras de Deus para as pessoas.
E eu não sei onde Deus anda.
Mas deve estar desapontado, certamente.
A semana terminou com uma criança caindo de uma janela por uma crueldade de um adulto.
Miguel no ar, sem chão.
Mas eu também não aguentei ver o vídeo.

E George dizia "*I can't breathe*".
E tantos no mundo agora também não podem respirar.
Falta ar.
Miguel dizia "Quero minha mãe".
Em mim tem faltado coragem para simplesmente ler as notícias.
Respiro antes de pegar o jornal.
Assumo minha covardia.
Então escrevo para enfrentar.
Eu tenho medo de respirar e nunca quis tanto abraçar minha mãe.

o caso do casaco bege da pessoa mais colorida que eu já conheci

PARA NIVEA MARIA DE SOUZA (*in memoriam*)

"Finca os pés com força, empurra o chão", assim me disse a professora de pilates, segunda de manhã. Dez dias depois, eu só conseguia pensar em como é possível empurrar o chão depois que ele se abre de tal forma que a sensação é de ter caído desenfreadamente. Empurrei com raiva, em silêncio.

Eu estou em choque, eletrificada, desde que você partiu. Como se coloca alguém eletrificado em pé outra vez?

Você, sim, era elétrica, luminosa, cheia de força. Se eu bem te conheço, onde você estiver, está falando pelos cotovelos, em algum lugar trazendo conforto para esses tempos tristes. A verdade é que você nunca combinou com a morte e fazia da minha vida algo mais leve.

Naquela manhã de terça-feira fazia frio. Quase sete da manhã, o telefone tocou para me avisar. Corri, tentando chegar a tempo. Eu não sabia que era o fim do seu tempo aqui. E, quando me falaram, não pude acreditar que um dos maiores corações que eu já conheci tinha parado de bater.

Não podia ser verdade. Mas era.

Num domingo você está lavando louça com alguém, ouvindo sertanejo, na terça essa pessoa não existe mais.

Existe num texto, existe na memória, existe em fotos. Mas dela sobrou só um casaco bege. Eu te dizia: segura na minha mão, mesmo sentindo-a gelada. E você dizia: vou apertar o casaco aqui, pois estava fazendo força. Acho que não queria me machucar. Mas sua partida acabou machucando, mesmo sem você querer.

Acho que eu pedi para ficar com seu casaco para sentir que estava segurando na sua mão uma última vez. Como você segurou a minha toda vez que precisei.

Nesses dez dias ganhei o melhor pedaço do coração de pessoas queridas. Cada um fez o que soube, o que pôde, o que conseguiu. Exatamente como você fez esses anos todos: se doou sem pedir muito em troca.

De modo que aceito de bom grado o casaco em troca de uma saudade. Acho mesmo que fiz bem em ficar com ele, pois é exatamente o que você foi: quentinho e aconchegante.

Custei a achar um lugar para colocá-lo, te confesso, minha querida amiga. Ele passou algum tempo numa sacola que me deram no hospital, dançando no banco traseiro do carro. Feito o que você fazia com as crianças quando viajávamos. Feito quando eu te via pelo retrovisor, ainda tentando te manter acordada, naquela terça-feira de inverno. Eu olhava a sacola de supermercado e via você, e na minha memória ouvia até sua gargalhada.

Eu não sabia como tirar dali o que tinha ficado de você.

Até que, hoje cedo, encontrei uma caixa azul de uma joalheria famosa, bem grande de papelão (não sei como, nem quando, veio parar em casa, mas sei que foi o lugar mais adequado para você ficar dobradinha: uma caixa grande de joia).

Pois isso que você foi para mim, um diamante.

Já a minha filha, sabida, quis ficar com seu livro de colorir e seus lápis de cor, que pareciam muito mais com você que o tal casaco.

numa terceira margem do rio

Sentimos o poder da palavra fé logo ao dizê-la: nossa boca se abre como um túnel entre o universo e o nosso corpo, formando ali um espaço íntimo e sagrado. Tão forte quanto um poema, essa palavra de apenas duas letras se basta – e, por outro lado, nos basta e nos acolhe em momentos difíceis, de dor, dúvida e desespero. Trata-se de uma ferramenta interna que utilizamos em busca de esperança e, sendo assim, ambas caminham de mãos dadas: *fé e esperança*. São esses os alicerces de outro estado fundamental para nosso desenvolvimento, a *confiança*. No dicionário, fé, confiança e credibilidade são sinônimos.

O psicanalista Bion define a fé como uma resposta primordial e profunda de defesa contra o sentimento de catástrofe. É uma experiência emocional, singular. Porém não se trata de uma fé religiosa – um conjunto de dogmas e doutrinas que constituem um culto. Para o autor, essa fé se torna apreensível quando se representa no pensamento e por meio deste. Se trata da fé na existência de uma realidade verdadeira e última. A fé que move um cientista a ir em busca de algo, mesmo sem dados objetivos.

A beleza da fé é que não precisa de provas, nem de sustentar-se em nada racional para existir. Proveniente do grego *fides*, fidelidade: a fé é, e pronto. O sentido de fé que coloco aqui é uma convicção íntima, um lugar em que não resta dúvida, no qual confio imensamente e onde deposito meu *desamparo*. E de lá tiro uma outra palavra fundamental para ir adiante: *coragem*.

É um caminho alternativo que buscamos quando somos frustrados pela realidade. Nesse sentido, ela nos dá uma noção de resistência e de existência – pois é uma forma de *confrontar o presente*. Explico: "meus exames dizem que estou doente, meu médico também, mas minha fé é maior" é uma fala comum entre pacientes nos hospitais, que mostra uma tentativa de encorajamento diante do medo provocado por estar em frente a algo insuportável, como uma doença grave. Eu existo a despeito do que está sendo dito, assim eu enfrento.

Podemos dizer então que é uma forma de desafiar o real e que, a partir desse sentimento, construímos uma nova realidade. E tampouco são raros os momentos nos quais a fé altera o estado de saúde de alguém. Não falo em milagres, pouco entendo disso. Mas falo dos fenômenos nos quais as pessoas, apoiadas na fé, modificam um estado que parecia irreversível.

Sou de origem católica, mas nem um pouco praticante. Mas sempre me comoveu a oração do Credo, que começa com a palavra "creio". O ato de crer em algo, seja lá o que for, nos tira de um lugar-comum e nos transporta para o futuro esperando que algo ali seja mais belo que o hoje. E, nesse ponto, crer ajuda a movimentar-nos. Crer no sentido de confiar. Confiar que *além do horizonte exista um outro lugar* é confiar que o movimento trará evolução, que há algo melhor adiante. Nesse "outro lugar", o lugar da alma, buscamos uma transformação, uma forma de sonhar.

A fé não costuma falhar, já dizia Gilberto Gil; ela é aliada do nosso trajeto. É ela que move montanhas, que nos ajuda na difícil caminhada da vida. Na peça *A alma imoral*, o texto de Nilton Bonder conta que o que fez com que o mar se abrisse foi Deus, comovido com a força do caminhar dos judeus que fugiam do Egito. Deus, comovido com a fé de seus fiéis que marchavam, abre o mar. A fé move e comove.

Nos momentos de questionamento e medo, testamos nossos recursos contando com algo interno; se a realidade responde bem, acredito que minha fé em mim e na força de meu passo foi capaz de provocar uma possível metamorfose naquilo que estava se passando anteriormente.

Uma questão que fica para mim, como mãe e psicanalista, é como as crianças de hoje, tão viciadas em tecnologia, constroem em si um espaço para que esse sentimento adentre e as atravesse de forma verdadeira. Se antigamente entrávamos em contato com eles quando a realidade nos testava, hoje, com a realidade virtual cada vez mais tomando posse, onde será que a nova geração busca a coragem? Passando de fase nos games? Confiando na força dos dedos ao apertar um botão em lugar de confiar na força do passo? E, se a realidade é cada vez mais virtual, como é que me diferencio dela a ponto de resgatar em mim um sentimento que possibilite seu enfrentamento? Seria esse lugar da fé somente interno ou externo? Ou seria algo entre esses dois lugares? Entre o céu e a terra? Uma terceira margem do rio, talvez. Eu tenho fé que a realidade impera e ensina a partir da experiência, sempre.

o que será que me dá?

Não houve nem amor, nem homem, nem alma.
O que se sucedeu é que, com o tempo, deixei de ter esperas.
E quem deixa de ter esperas é porque já deixou de viver.

MIA COUTO, *A confissão da leoa*

Principal motor de nossa vida, essencial para nosso desenvolvimento, para nossa ligação com o outro, o desejo funda nossa existência. Ele é o que nos faz ter planos, investir, esperar. Uma vida sem esse sentimento apoia-se na desesperança, ficando sem propósito ou direção.

O desejo sai pelos poros, pela pele e nos dirige a algo ou alguém. Está ligado a movimento. É preciso que tenhamos anseios para sair do lugar. Talvez por isso os comportamentalistas o chamem de *drive* – o que considero um nome bastante adequado, já que ele é quem dirige, empurra, cria um espaço para que o outro caiba em mim. Um sentimento inquieto e ardente que possibilita a troca e o abastecimento.

Desejando declarar ao mundo minha incompletude, comunico que há algo que me faz falta e vou em busca de me alimentar. O desejo nasce da falta e conta uma necessidade, fazendo oposição à solidão.

É o que me bole por dentro e me faz suspirar, na canção de Chico Buarque. O grito do corpo, da pele, que não tem juízo, nem nunca terá, que dá dentro da gente e não devia, porém que carrega em si uma essência transformadora. É que ele não se basta, não se cabe, age, atropela. Assim como um coração, ele pulsa e exige saciedade. A cor vermelha é seu símbolo, cor do sangue e da vida.

Em seu texto *Sobre o narcisismo*, Freud declara: "Devemos começar a amar a fim de não adoecermos". Humildemente, acrescento: devemos começar a desejar a fim de não adoecermos. Desejar é sinal de saúde psíquica. Não desejar está ligado à indiferença, à acomodação, à paralisação.

O desejo é responsável por encontros e desencontros surpreendentes na estrada da vida; ao criar vínculos, dá liga e desliga. Quantas histórias de amor acabam por sua falta, quantas começam pela sua força imperativa.

Na psicanálise, recebe o nome de libido e está ligado ao instinto de vida, responsável pela criação, reprodução, vitalidade. E, popularmente, recebe outro nome: tesão, palavra vinculada ao ato sexual, nossa principal ferramenta na luta contra a morte. É que, ao desejar, nos reproduzimos e deixamos descendentes; isto é, a única forma que o homem encontra de tornar-se imortal e preservar a espécie é passando adiante seus genes.

O conceito de vetor da física define bem o significado de desejo: uma força caracterizada por direção, intensidade e sentido.

Nosso instinto de sobrevivência está vinculado ao desejo, à fome. Sabemos que um dos sinais que indicam que a vida está em risco é quando o paciente doente para de ter vontade de se alimentar.

No entanto, sofremos, pois nossos desejos não partem da nossa reflexão, nem sempre combinam com nossa parte consciente, com os caminhos escolhidos. Costumam vir de um outro lugar menos racional, mais bicho, menos elaborado, indomável e esfomeado que busca satisfação e prazer. Sua força febril é violenta, embora a gente viva tentando controlar. A tal bruta flor do querer prima pela desobediência. E, quanto maior nossa tentativa de controle, maior eles ficam. E é nessa impossibilidade da sua realização que eles vão crescendo e tentando escapar de seus esconderijos quando a censura dá uma folga.

O fato é que todos, em algum momento da vida, nos curvamos à sua força indomável. Não há símbolo mais oportuno para representar o desejo que o fogo, que cria a vida e tem uma força que queima.

É preciso que haja faíscas que norteiem nosso caminho. Embora o fogo seja difícil de dominar, nos aquece e ilumina. Talvez por isso celebremos os aniversários acendendo velas. Possivelmente há aí um simbolismo da chama da vida. Apagando-as, engolimos combustível para mais um ano e fazemos um pedido. Oferecemos ao fogo um desejo que queremos que se torne realidade. E a chama também está ligada à palavra chamar, que lembra uma outra, buscar. E outra vez voltamos ao nosso tema, onde tudo começa, sempre: o desejo.

pequenos eventos

Quando meu pai estava doente, já bem no final, fui perguntar para a oncologista por que ela tinha escolhido aquela profissão.

Estávamos as duas no quarto dele. Eu disse a ela que não entendia, que não havia escolhido viver isso na minha família, mas que naquela época todo meu universo girava em torno daquele tema. No entanto, sabia que era uma fase que ia passar. Por isso ficava me perguntando qual seria a motivação dessa escolha diária: toda a tristeza de uma doença terminal, todas as manhãs.

Ela me respondeu, bastante comovida:

"Acho que essa é a única área da medicina na qual se comemoram os pequenos eventos. Nas outras, comemoram-se só os grandes progressos. Nesta, são os pequenos eventos que fazem a diferença. Uma pequena melhora já ajuda. Traz muita alegria, é valorizada."

Pensei muito sobre essa fala com relação ao fim de ano. Temos essa mania de hipervalorizar as datas; as festas são sempre as mais esperadas, os aniversários.

Vejo no meu trabalho como as pessoas ficam frustradas por não terem tido um Natal perfeito. Ou um Ano-Novo com uma festa extraordinária. Digna de vestido novo.

É tanta excitação esperando a meia-noite que não são raras as pessoas que "queimam a largada" e perdem a festa.

Eu me lembro da minha formatura, da festa. Mas do que eu mais sinto falta da faculdade são as horas de tédio, de riso leve, matando aula na escadaria da PUC.

A amizade se constrói muito mais no dia a dia do que nas grandes ocasiões. Claro que, em datas especiais, me lembro dos amigos que estiveram ao meu lado. Mas, para que eles estivessem lá, foi preciso um longo trajeto para conquistar os corações que tanto me apoiaram em dias marcantes. E essa conquista se faz nos horários mais comuns.

Também me lembro da minha festa de casamento, mas ela é só uma parte da minha história conjugal; o início, não o todo.

O mesmo se dá no meu ofício. Em psicanálise, são muitos os momentos de silêncio, de acolhimento perante a dor do outro, de impotência. Tudo isso faz parte da criação de uma linguagem paciente-analista; vem muito antes de ocorrer os tão esperados insights. É preciso tolerar, aguardar, construir. O que vem bem antes das transformações.

É que a beleza da vida da gente aparece mesmo nos pequenos eventos. É na rotina – da qual tanto nos queixamos – que nos estruturamos.

As datas são importantes por coroarem uma história. Porém, são apenas rituais esperados, que confirmam uma conclusão. Só.

Eu tenho uma prima que usa talher de prata em casa todos os dias. Ela me diz que a principal convidada da casa dela é ela mesma. Que os dias da semana merecem o talher mais lindo, não só as festas. Estou de acordo.

O dia a dia que passa despercebido é o que tece de fato a nossa alma, nossa história, nossos amores. Nos dá uma moldura de alguma segurança (por mais que a vida seja imprevisível).

Então, volto ao meu sabido pai, que me disse antes de eu me casar: "Sabe, na maior parte do tempo, a vida é morna. Mas ela também é bonita. Vá em frente".

Um brinde aos dias comuns, mornos. Sem grandes eventos. Pois são eles que nos dão força para suportar as grandes mudanças da vida.

tudo raia

Sei que canto. E a canção é tudo.
Tem sangue eterno a asa ritmada.
E um dia sei que estarei mudo:
– mais nada.

CECÍLIA MEIRELES, *Motivo*

As notícias são assustadoras e a iminência de que algo terrível está para acontecer nos assombra. Dizem que o pico está para chegar, vejo as curvas da pandemia em ascensão e me lembro da Noviça Rebelde subindo a montanha, com seus sete enteados, fugindo do nazismo. Ela que me acolheu em tantas tardes na infância. Acolhe hoje meu terror, quando olho a curva de infectados subindo e penso em "Climbing the mountain" tocando de fundo, um horizonte azul se anunciando e a promessa de liberdade. Assim termina o filme que eu adorava quando pequena. Será que isso vem depois do pico da montanha? Do pico da doença? Haverá um horizonte azul?

Não sei, o gráfico sobe e, enquanto ele sobe, meu coração pulsa. "*The hills are alive with the sound of music*", canta a Noviça na primeira cena do filme. As montanhas estão vivas: e eu também. Então sigo em frente.

Confesso, porém, que abro os olhos já há algumas semanas e repetidamente sopra a canção em pensamento: "Dorme, minha pequena, não vale a pena despertar", cujo título (enquanto escrevo me dou conta) é "Acalanto para Helena". Meu nome. Eis minha canção de acordar, meu autoacalanto. Então eu canto. Afinal "eu canto porque o instante existe", assim dizia Cecília Meireles. Inevitavelmente, desperto, o dia raiou. Nesse instante estou a salvo.

Independentemente do coronavírus, do SARS-CoV-2 (palavras que vim a conhecer há menos de dois meses, mas que hoje fazem parte do meu vocabulário com mais constância do que nunca), o dia teimoso insiste em raiar. Meus olhos se abriram, mesmo com medo.

As manhãs nos fazem entender o raiar do sol como uma promessa de esperança. A doença teima em existir, assim como o sol. Marina Lima diria: "Se tudo caiu/ Que tudo caia/ Pois tudo raia". Em "Sobre a transitoriedade", Freud nos traz a ideia dos ciclos da vida como sendo parte de sua beleza. Estamos num ciclo de pandemia, mas, assim como passou o nazismo, as guerras, a ditadura, a peste negra, isto também vai passar.

Há algum tempo conheci o artista japonês On Kawara, cujo trabalho consistia em mandar, durante muitos anos, telegramas para amigos e colecionadores com a frase "I am still alive". Vi essa exposição há alguns anos e a força dessa frase me tocou profundamente. *I am still alive.*

EU AINDA ESTOU VIVO.

Still.

Ainda.

Ainda pode parecer pouco, mas é um lugar seguro nesse instante. Ainda é território sagrado hoje.

Caetano também cantou enquanto exilado: "I'm alive, vivo, muito vivo, feel the sound of music banging in my belly, know that one day I must die, I'm alive". E, em *A interpretação dos sonhos*, Freud coloca que a fantasia é o que nos faz suportar a realidade e que o sonho existe para que o indivíduo consiga suportá-la.

Seguirei cantando enquanto tiver voz. Seguirei procurando pelo sonho. Colocando melodia em gráfico de morte. Seguirei procurando pela pulsão de vida ainda que a morte bata na porta da minha casa. Hoje não, Sr. Corona. Hoje estou ocupada, hoje não posso te atender.

primavera

Eu passo pela sala e escuto meu filho cantar a música de Nick Cave que venho cantando constantemente no último mês. Tenho essa urgência de ouvir vinte vezes a mesma música quando apaixonada por uma letra, o que contamina a casa inteira. Na sua voz de criança escuto "intomiaaaam" e percebo que canta "*into my arms*" com a mesma entonação que cantarolo no banho. Fico contente por ter plantado algo de mim nele. E me dou conta de que estou ali representada naquela melodia. Em seguida penso: "Toda vez que cantar essa música, filho, estarei renascendo dentro de você".

Assim como, cada vez que uma amiga conta uma história divertida do meu passado, renasce a menina que fui. Gargalhamos juntas de tudo o que vivemos até hoje, lembrando de nossas tolices, de como nos vestíamos, de toda a nossa trajetória de vida, dos tropeços, dos foras e das aventuras da nossa mocidade. Despedimo-nos dessa memória geralmente com a fala "Que tempo bom que não volta nunca mais".

Mas a verdade é que volta. Não do mesmo jeito, mas numa recordação viva dentro da gente: um lugar para se reencontrar e renascer. Todas as pessoas que já fui ainda moram dentro de mim: bebê, criança, moça, mulher, mãe. Não foram abandonadas nesse processo, são elas as testemunhas do meu crescimento, da passagem do tempo. Quando visito a moça que fui em minhas memórias, me revitalizo, me sinto novamente cheia de vigor e volto para minha rotina me sentindo recheada pelas minhas experiências.

O tempo circunda e limita nossa vida. Não há como negar, é observando o crescimento de nossos filhos que nos damos conta da velocidade em que tudo ocorre. Por vezes, aquele que tenta ignorar a passagem do tempo, buscando ter sempre o mesmo rosto, torna-se estranho e até assustador, tal qual o Dorian Gray de Oscar Wilde ou esses eternos adolescentes de cinquenta anos.

Não há como fugir da linha da temporalidade em que nos movimentamos.

Na luta pela sobrevivência, o renascimento se faz absoluto e necessário. Assim como as plantas que, para sobreviverem, adaptam-se a novas temperaturas, transformam-se, criam novas condições. Adaptar-se é preciso para que possamos lidar com as perdas inerentes da condição humana. É renascendo que criamos condições e recursos para nossa evolução. São essas nossas ferramentas de luta. Palavra esta que lembra uma outra: luto.

Não há como seguir na vida sem acumular perdas, lutos. Perda de lugares, papéis. A filha que fui agora é mãe. E minha mãe renasce no carinho que tenho com meu filho: foi ela o meu modelo. Acho que é por isso que no aniversário costumam perguntar: quantas primaveras? Ou seja: quantas vezes você renasceu? Renascer é preciso, viver também.

protect me from what i want

Somos feitos de som e fúria, já dizia Shakespeare. O velho Freud adicionaria que, entre fezes e sangue, nascemos. A verdade é que não somos assim tão puros e limpos como postamos por aí. Embora os filtros virtuais tentem a todo custo disfarçar nossas impurezas, existem desejos inconfessáveis, inclusive para nós mesmos: provocam vergonha, são menos civilizados, trazem afetos menos aceitos, mais brutos, geram culpa, medo e inveja. Embora o desejo nos mova, nem sempre ele pode ser comunicado às claras.

Muitas vezes é preciso reprimir certos sentimentos para manter determinadas escolhas. Mas, quanto maior essa repressão, maior a força na tentativa de realizá-los. É que nossos instintos costumam ser persistentes e teimosos. E, nessa tentativa de domínio, o indivíduo sofre. Conclusão: essa luta constante gera uma tensão muito forte – de um lado, uma exigência de satisfação; de outro, as leis, a moral, minhas escolhas.

O desejo nasce num lugar poderoso, uma instância psíquica inconsciente que recebe o nome de Id. Este vive em pé de guerra com um outro lado responsável pela censura, que recebe o nome de Superego – o qual é igualmente forte e responsável por representar internamente a moral, as leis vigentes e os valores familiares.

A civilização funciona como uma tentativa de dominar nossos desejos, de freá-los. Sejam os sexuais ou os agressivos, a sociedade de alguma forma tenta manter uma certa ordem a fim de que a humanidade se preserve de seus próprios instintos. Sabemos que a violência do homem é inerente, tornando-o facilmente presa. Convenhamos: por mais falha que seja a sociedade, o ser humano precisa dela para se organizar relativamente.

Mas existe um lugar onde meu desejo encontra uma possibilidade de existir: os sonhos. Quando sonhamos, estamos com a censura baixa, e certas coisas podem aparecer. Mesmo assim, algumas são censuradas por nós mesmos – juntando uma série de elementos que criam uma espécie de quebra-cabeça simbólico, somando vivências e experiências singulares e individuais, que para cada um tem um significado. Ou seja, certas coisas aparecem de forma disfarçada quando dormimos.

Por isso, dicionários de sonhos não devem ser levados muito a sério. Para cada pessoa, um símbolo que aparece num sonho tem um significado específico, que só pode ser decifrado pelo próprio sujeito sonhador. O sonho é o território da realização do desejo. Mesmo que apareça de maneira torta, ele conta sobre um sentimento que, acordado, pode ser muito ameaçador.

É como se, dormindo, nosso desejo acordasse no sonho e se apresentasse de uma forma mascarada. Isto é, a fantasia é um dos veículos nos quais o desejo pode se apresentar, sem ter que brigar com nosso lado responsável pela censura. Tudo pode acontecer. E o ato de sonhar, fantasiar, nos possibilita uma tolerância maior à realidade.

Qualquer veículo em que o sonho possa emergir dá voz ao desejo. Arte, literatura, música... Não é raro sabermos de pessoas que suportaram uma condição muito difícil utilizando-se da imaginação. Anne Frank é um exemplo. O filme *A vida é bela*, outro.

Precisamos do sonho para dar voz ao nosso desejo e, assim, resgatar a força de lutar para viver. É como se nos alimentássemos do território do sonho, o desejo que ali pode aparecer fica com sua força atenuada e nos ajuda a suportar a realidade com suas chatices.

Por isso, sempre me incomodei quando escutei a frase "Isso é apenas uma ilusão". A palavra *apenas* desqualifica o lugar onde o sujeito é livre, puro e existe em seu estado bruto.

Em algum lugar, é preciso soltar todo nosso som e fúria; do contrário, a vida vira uma canção monotemática e empobrecida.

teimosia

No fim eu não sabia mais como te pedir para ficar.
Amor de um lado só é o pior tipo de solidão.
Teimosia a minha, essa de insistir sempre.
Fingia não saber que a maior dor do amor é a insistência.

O amor tem que ser assim, natural.
Mas você olhava para mim e não me via.
Acho que eu também não via nada além de mim e do meu sentimento.

Estávamos os dois tão longe, eu no meu egoísmo pedindo que você me amasse.
Você me dizendo que não sabia como.
Amar pelos dois era pobre demais.
Mas não custava tentar.
Custava, sim.

quando deixei de te amar

(...) Eu sou antes, eu sou quase, eu sou nunca.
E tudo isso ganhei ao deixar de te amar.
CLARICE LISPECTOR, *Água viva*

Quando finalmente deixei de te amar, pude sair à vontade na rua sem o medo de te encontrar. Caminhava tranquila, sem temer ser pega de surpresa. Os carros não eram mais iguais ao seu.

Eu já não era mais prisioneira de tudo que me lembrava você. As músicas não eram mais marcas da nossa história ou me davam recados malucos do destino. Simplesmente tocavam, enchendo meu dia com uma nova melodia. Já não me atingiam como flechas em forma de notas musicais. Tocavam – sem me tocar. Como era boa essa sensação de ter finalmente mudado de estação.

Meu telefone voltou a ser só um aparelho e não mais o portador das notícias do dia. Antes, se você ligasse, até o sol me aquecia diferente. E, se não ligava, nem a beleza das flores me afetava. Nada que não fosse você me interessava.

Agora, já não tinha medo do meu coração paralisar quando te visse – ele já estava em um ritmo mais delicado, menos frenético, menos assustado. Ele era meu novamente, apenas um órgão dentro de mim para ajudar meu sangue a circular. Um órgão do qual já nem me lembrava tanto. Dizem que só nos lembramos de alguma parte do corpo se temos dor (por exemplo, o ouvido, só lembramos de sua existência quando ele dói). Então meu músculo cardíaco já não doía, estava forte, pronto para uma nova caminhada. O oxigênio era meu, não mais era nosso. Já não vivia para você, naquele sufoco.

As horas também já não eram mais suas. E confesso que, agora, pouco importava se o relógio marcava horário igual. Já não me preocupava se eu estava em seus pensamentos. Você não morava mais em mim, e isso me trazia uma leveza absurda. Eu era grata por tudo o que vivemos, sem dor. Sem desejo de revanche ou autopiedade.

No meu peito já não havia mais espaço para vingança. No espelho eu já não treinava conversas imaginárias. Você pôde enfim partir. Eu aceitei, depois de muita luta.

A vencedora no caso era eu. Já podia vislumbrar um futuro, contemplar o presente. Meus olhos não visitavam mais as lembranças. Simples assim. Eu parti.

Com o mesmo coração que entrei. Agora mais rica com tudo o que vivemos. E o fato de você ter mudado minha vida me deu a chance de estar pronta para amar outra vez. Deixar de te amar foi azul.

Foi um novo horizonte que surgiu. Agora só meu.

Que alívio.

quero de novo cantar

Naquela manhã de domingo, despertei de sonhos intranquilos e permaneci um tempo de olhos fechados. A obviedade do meu sonho era tanta que só faltava legenda. Este texto é a legenda. É também, talvez, a tentativa de um trabalho elaborativo – afinal, a noite parece não ter sido suficiente.

No sonho, estava em Salvador descendo a ladeira do Pelourinho. Era madrugada e o silêncio tomava conta daquela rua deserta. Ameaçada, colocava a mão no bolso. Não encontrava a máscara, envergonhada, tampava a boca. Era carnaval e eu estava só, perdida, não sabia como voltar para casa. Observava a cidade silenciosa. Sentia um medo brutal. Na tentativa de me acalmar e me distrair, cantarolava: "Tristeza, por favor, vá embora... quero voltar àquela vida de alegria, quero de novo cantar". Mas o peito parecia pesado e sofria ao ver o abandono daquela cidade. Lixo no chão, restos de máscaras sujando a rua. Resíduos de uma civilização que um dia já batucou, vibrou, dançou e correu atrás do trio elétrico. "Atrás do trio elétrico só não vai quem já morreu", mas eu, no caso, estava viva, assistindo à ruína de uma cidade-fantasma.

O Pelourinho triste revelava um capítulo dolorido de uma nação desprotegida há tanto tempo. Perdemos os motivos para sambar? Não é só pela pandemia, há em nosso povo um desalento resignado. Não sambamos mais. Caminhamos, apenas. Os últimos anos de tantos retrocessos e brutalidades não comportam a leveza do carnaval. Triste tempo que mostrou ainda vivo um tipo de pensamento que imaginávamos estar em outro capítulo da história brasileira.

Freud fala, em *O mal-estar na civilização*, que a felicidade é um estado de que só nos damos conta uma vez que ela não existe mais. Houve um tempo em que os isopores não transportavam vacinas, e sim cerveja gelada. Em que no ar havia purpurina e não variantes e que as máscaras eram parte das fantasias, e não escudos protetores do outro. E beijava-se, sem medo de perdigotos. Abraços eram livres e a gente gostava de cantar músicas uns pros outros, a céu aberto, durante quatro dias.

Embora Vinicius tenha cantado que para fazer um samba com beleza era preciso um bocado de tristeza, nosso povo entristecido parou de fazer samba, pois perdeu o jogo de cintura no meio de tanto desamparo. Mais um ano sem samba, sem festa de rua, sem serpentina. Não faria sentido sambar na cara das 638 mil famílias enlutadas. Não há mais samba, há um dia a dia no conta-gotas. Fevereiro segue em dias desritmados, numa marcha lenta de deserto de tártaros resignados, de uma nação desprotegida, que conta os dias até outubro.

Nasci no carnaval e sempre achei delicioso ganhar uma festa de quatro dias. Um pouco antes da pandemia, fui a um bloco: Unidos do Inconsciente. Pessoas com máscaras do Freud, saias de chita rodando, tambores. Se eu soubesse que demoraria tanto para ter novamente carnaval, teria ficado mais tempo, pulado mais alto e comido mais milho verde com margarina. Tinha samba, suor e cerveja.

Hoje o que temos é silêncio no mês da alegria, quem diria. Me acalma pensar que as mais belas canções também foram feitas em dias de chumbo e que aquilo que é reprimido, de acordo com a teoria psicanalítica, tende a voltar com mais força. Nosso povo é teimoso e gosta da vida.

No tal sonho, sentia na pele a solidão do Pierrot da Colombina, pensando nos carnavais que haviam passado, me lembrando de tanto riso e tanta alegria que ficaram presos nesse silêncio desvitalizado do cenário atual. Parava num bar para perguntar como devia voltar para casa ("Para casa ou no tempo?", penso ao escrever). Um homem grita comigo, avança brutalmente, falando algo sobre a cratera do metrô. (Me lembrei de meu filho me contando do alto de seus dez anos de idade sua indignação pelo filho do presidente ter dito que certamente as obras do metrô teriam sido feitas por mulheres.) Em minha perna, cães raivosos me mordendo; não saio do lugar. Paralisada. Temo.

Desperto pensando: quero de novo sambar e minhas pernas estão presas, por enquanto. Mas eu nasci no carnaval e não há o que me cale. Nem cachorro irracional raivoso que me arranque meu desejo pulsante de viver. Vou sambar outra vez, cantar "Liberdade, liberdade, abre as asas sobre nós", comer milho verde com margarina, sentir os tambores sintonizados com meu coração nascido em fevereiro, que quer guardar o mundo em mim. Eu vou sambar outra vez.

"Eu vou,

Por que não? Por que não?"

rumo a ítaca

...Mas não apresses a viagem nunca.
Melhor muitos anos levares de jornada
e fundeares na Ilha velho enfim,
rico de quanto ganhaste no caminho,
sem esperar riquezas que Ítaca te desse.

KONSTANTINOS KAVÁFIS, *Ítaca*

Sempre adorei as festas de Réveillon. Todos de branco, se abraçando, desejando que o próximo ano seja repleto de coisas boas. Ano novo, vida nova, possibilidade de recomeço. Bem-vestidos, de roupa branca nova, contemplamos o que está por vir, celebrando. Recebemos o novo ano como quem conhece um novo amor, acendemos velas, brindamos a ele, oferecemos flores, cheios de esperança que dessa vez vai ser melhor.

Existe algo de encantado no futuro. Algo mais iluminado do que o agora. Sempre há uma certa idealização do momento no qual não estamos vivendo.

O futuro obscuro vem com um dever: lá, naquele lugar, serei feliz. Quando me casar, quando concluir um projeto, quando tiver filho, quando comprar um apartamento. E se não acontecer? E se for diferente?

Tanto o passado quanto o futuro ficam reservados numa espécie de altar em nossa mente. O passado, por ter sido meu, acaba tendo um valor nostálgico. Meu pai dizia: "Não brinque com o passado, ele é muito perigoso" – às vezes ele é muito sedutor. É muito fácil virar refém do lugar onde não fui feliz, ficando numa condição de vítima privilegiada, paralisada, revendo o que ficou para trás. Deixando de dar lugar para o agora, remoendo uma condição que não mais existe.

Penso que o mais desafiador dessa vida é poder se movimentar no presente, não apenas em direção ao futuro, mas colocando o passado em seu devido lugar.

Ressignificando-o. Dando outro sentido para a vida que tive até então, acabo colorindo-a com um tom mais vivo, assim me locomovo com mais tranquilidade em minha história. Transito pelas minhas memórias, visito-as, como um espectador que revê um filme e se aproxima de uma cena com um outro olhar. Este seria o verdadeiro preparo para o que vier pela frente. Para olhar o que virá adiante é preciso leveza, acima de tudo. Existem bagagens que levamos que são desnecessárias.

Nosso arsenal para a luta da vida são nossas vivências, aquilo que armazenamos, nossa história. E, obviamente, isso também agrupa os momentos duros, tristes; bem como aqueles em que fui humana, imperfeita. Fui trazida até aqui também pelos meus momentos ridículos, bobos, inseguros, aflitos. E pela forma como os enfrentei. Aí, nesse cantinho, mora a coragem e esperança. Esse cantinho verde, cor do trevo de quatro folhas, o lugar onde nos perdoamos e rimos de nós mesmos, com ternura. Aceitamos resignados o nosso papel errante. E assim podemos ir adiante.

Henri Bergson, em *O riso*, coloca que nada desarma mais do que o riso. Rimos daquilo que é humano, imperfeito.

Rir de si mesmo tem a ver com a possibilidade de se movimentar em nossa imperfeição, de se flexibilizar diante da imagem que gostaríamos de passar e daquilo que somos. Portanto, aí mora a possibilidade de reinvenção.

Não há nada mais insuportável do que aqueles que não riem de si mesmos. Nada mais persecutório do que a seriedade, aquele script a ser seguido, rígido, em linha reta. O que simboliza a vida é movimento, seus altos e baixos

Não existe um passado feito só de coisas boas, assim como não é possível um futuro ideal. Existe o futuro possível. Ele não precisa ser perfeito para ser bom. Nem a gente.

Sendo assim, o que resta é: darmos as boas-vindas às aventuras que os novos ciclos nos reservam. Feliz Ano-Novo.

sobre os pequenos encantos

São 7h15. Como uma fatia de pão sem glúten, que minha amiga Junia diz que é melhor para a digestão. Talvez desinche a barriga. Que diferença faz, se essa semana vou operar a hérnia umbilical que ficou após a gravidez. Também sei que estou inchada dos brigadeiros da festa das crianças. Plena segunda.

Pego logo duas fatias, a Junia vai me matar, mas comer as duas me deixa tão feliz. Abro o jornal com calma. Francisco, meu filho mais velho, assiste à televisão. Quase hora de ir para a escola:

"Põe o uniforme, filho." Sou ignorada.

Chegou rápido a segunda fatia de pão, mas que chatice. Enquanto tento saborear calmamente a tão disputada fatia com meu superego, escuto:

"Mamãe, eu não fazi cocô", diz Ana Chiara do alto do seu desfralde.

Mas eu sabia, claro, que tinha ali embaixo da mesa branca do café uma surpresa para mim.

Olhei, fingindo tranquilidade. (Em que momento minha vida ficou uma mistura de *Trilogia suja de Havana* com um filme surrealista, me pergunto.)

"Tudo bem, filha, escapou."

"Não tem tobema, né, mamãe."

"Não, não tem, filha." Mas eis que ela olha sua produção ali, no chão, se assusta, começa a chorar.

"Cocô gandão, mamãe!"

"Filha, seu cocô é lindo, amor, *parabéns*!"

O mais velho, que parecia alheio à cena, se levanta do sofá: "É lindo, Kiki, *parabéns* pelo cocô." E começa a bater palmas. "Lindo cocô, Kiki!" Quando vejo, estamos batendo palma em volta de sua obra. Meu marido acorda, batendo palmas.

"Pega o pano, amorzinho", digo baixinho, dentes cerrados.

Logo minha menina não está mais assustada, e sim orgulhosa. Senta na privada, quer fazer mais. Vê que estamos contentes, mas não consegue. Chora, frustrada. Voltamos todos ao banheiro para acalmá-la. Estamos nós três dizendo para ela que vai vir mais, num outro momento.

Que saudade do meu pão. Corro para a mesa, a manteiga derreteu, o café esfriou.

Devia ter comprado a ghee que Junia mandou.

Sento calmamente, o jornal até tenta olhar para mim, intacto. Mas não vai dar, não hoje. Estamos atrasados. E a primeira hora da manhã já passou. E não há notícia mais feliz do que minha filha dizendo, com sua mochila de escola nas costas:

"Agora não sou mais nenê, mamãe, uso cassinha."

saudade favorita

Viajando de férias, minha filha recebe uma mensagem de sua melhor amiga, coincidentemente chamada Helena.

Fica contente com a lembrança e me diz:

"Mamãe, quando eu voltar quero brincar na casa da Helena, ela é minha saudade mais favorita."

Fiquei um tempo parada pensando: "O lugar da saudade dentro da gente é sempre de honra".

Algo para ser digno de saudade precisa mesmo ter sido intensamente costurado na nossa alma. Com fios do metal mais precioso que existe, que nem o tempo ou a distância são capazes de apagar.

Tenho muitas saudades favoritas que me fazem companhia. São memórias nas quais passeio com frequência e com as quais me alimento em dias sombrios.

Algumas pessoas me dizem que minha memória é boa. Eu concordo, até porque preciso muito dela no meu ofício para ajudar algumas pessoas a entender que ter uma saudade favorita não é ser esburacado, muito pelo contrário.

Saudades favoritas podem ser lugares pra gente sorrir secretamente. Isso porque são exclusivas, propriedade privada.

Algumas saudades favoritas são pessoas, por vezes uma cena, uma viagem, um livro, um filme.

Gosto da cena do filme *Brilho eterno de uma mente sem lembranças* na qual o protagonista está tentando apagar a ex-namorada da mente num experimento científico que consiste em apagar memórias. Eis que se reencontra com uma lembrança de ambos fazendo anjos na neve. Ao visitar essa cena, antes de seu apagamento, implora: "Por favor, me deixe ficar com essa memória, só com essa" ("*Please, let me just keep this memory, just this one*").

Uma vez, num passeio turístico na Itália, o navio parou e os passageiros podiam pular no mar. Eu estava de roupa, não sabia que teria esse momento incluso no passeio. Todos do barco se trocaram e pularam.

Já eu, desavisada, não tinha maiô nem toalha. Porém, decidi mesmo assim mergulhar de roupa e tudo. Era verão.

Meus pais, num ato impulsivo (coisa rara lá em casa), pularam atrás de mim.

Éramos nós três, o mar azul de Capri e o sol que batia na água e a deixava estrelada. Rimos de nosso trio encharcado quando subimos no barco. Era uma travessura em conjunto.

Eu tinha 25 anos e me casaria em seguida. Era uma despedida do que éramos nós três.

Daquela família de onde eu vinha.

Essa é definitivamente uma de minhas saudades favoritas.

Foi a primeira lembrança que pulou da gaveta da minha memória quando pousei no título deste texto.

Minha mãe já não se lembra mais desse dia, a idade já avançou. Ficamos só nós duas já há algum tempo.

E o difícil é não poder contar com ela para reviver esse momento.

Mas de vez em quando eu mergulho nessa cena, nós três de mãos dadas e o azul do mar, rindo como crianças da nossa inconsequência.

É que nossas memórias são como roupas penduradas no varal, no fundo da nossa mente. Às vezes, passeando por elas, encontramos conforto.

Uma lembrança pode nos vestir como uma roupa quentinha que o sol acabou de secar. Ou talvez como um casaco felpudo antigo que pule de uma gaveta num dia de frio.

Foi, porém, a minha filha quem colocou a etiqueta nessa gaveta com um nome pertinente.

É que são os meus filhos meu presente favorito.

E meu futuro azulado, tal como o mar de Capri.

sentimento de lágrima

Meu filho Francisco está saindo da educação infantil e indo para uma outra escola. Vai começar o ensino fundamental. Hoje eu perguntei para ele pela manhã o que estava sentindo por sair da escolinha e iniciar outro pedaço da vida. Ele me disse que às vezes olha para os amigos da classe e sente uma coisa estranha na garganta:

"É um sentimento de lágrima, mamãe."

Expliquei para ele que toda vez que a gente cresce esse sentimento de lágrima vem junto. Que cada novo pedaço da vida tem uma despedida.

Recentemente me contou, orgulhoso, que sua música da apresentação de fim de ano será "Volare". Por uma coincidência bonita, foi a canção italiana que cantei ao enterrar meu pai, de mãos dadas com seu melhor amigo. Era uma de suas favoritas. Nunca mais tive coragem de ouvir, por associá-la a esse adeus dolorido que tive que fazer alguns anos atrás.

Mas a canção é bonita, e a vida também. E hoje ela volta para minha história sinalizando outro rito de passagem. É que as despedidas podem ser recomeços que têm em comum a mesma trilha sonora: do amor e do cuidado que recebi e hoje passo adiante. São esses os elementos de contorno dessa pessoinha que vejo crescer com tanto orgulho.

Com um sentimento de lágrima, sim:
A lágrima da conquista, meu filho.

sobre ser mãe, sobre ser forte

Minha história como mãe começa meio turbulenta. Mas essa é minha história e sou feliz por poder contá-la. Estava grávida de 36 semanas, tive uma gravidez perfeita. Engordei pouco, meu bebê cresceu bem, fui rodeada por muitos amigos durante todo esse período. Mas aos nove meses fui avisada pelo médico de meu pai que ele tinha câncer no fígado. Era uma metástase de um tumor que meu pai havia tido no reto há dois anos e que havia sido dado como curado. O oncologista, ao me contar sobre o diagnóstico, foi duro e chamou de belo câncer a coisa mais horrorosa que já entrou na minha família. Era uma quinta-feira, meu marido viajando. A sentença de morte de meu pai anunciava-se no corredor do hospital. Tudo branco ao meu redor. Tudo vermelho dentro de mim. Sentia como se sangrasse de agonia. Sou filha única e meu pai era meu porto seguro. Sem ele, não concebia a vida.

Meu primeiro pensamento foi: como vou amar essa criança com tanta tristeza no meu peito? Como farei para cuidar dos dois ao mesmo tempo? Ser filha e ser mãe me parecia impossível. Até porque, até aquele dia, só havia sido filha. Só conhecia esse território.

Nas semanas subsequentes, enquanto esperávamos o resultado da biópsia, minha barriga crescia. O diagnóstico não havia sido revelado a meu pai, o que me trazia angústia dia após dia.

A gravidez havia perdido a graça. Tive muito medo de ter depressão pós-parto. Fui à procura de ajuda. Perdi peso. No último ultrassom, o médico me disse que meu bebê havia perdido peso também. Resolvemos marcar uma cesárea no dia seguinte. Nesse mesmo dia, o oncologista contou a meu pai o diagnóstico, a gravidade do quadro e o tratamento. Voltei para a casa de meus pais. Ele me contou sobre sua consulta. Disse que se sentiu sacudido pela notícia. E contei minha novidade. Tomamos um suco. Esperamos o dia seguinte chegar.

A cena da doença se suspendeu nos dias em que estive na maternidade. Uma aura de luz saiu de dentro de mim, junto com Francisco. Era um sol entrando em nossa família. Senti algo tão pleno, tão sereno, quando vi aqueles olhos que pararam de chorar na sala de parto quando encontraram os meus. Eu também parei de chorar quando te vi a primeira vez, Cisco. Meu bebê. Minha luz. Meu sol. Anunciava-se uma nova era. Um novo amor. Da janela da sala de parto vi meu pai. Segurando o queixo com as duas mãos. Comovido. Realizado.

No dia seguinte me disse, meio desajeitado com o bebezinho: "Valeu qualquer coisa que eu já tenha vivido pelo dia de ontem". E ligou para seus amigos para contar do neto, orgulhoso. Disse a um deles, quando indagado sobre sua saúde, alto no quarto: "A vida é luta".

E assim fui para casa, com meu bebê nos braços. No dia seguinte meu pai recomeçava a quimioterapia, internado no hospital, pois, além de tudo, sofria do coração.

Eu sabia que essa luta não seria mais ganha; havia diversas metástases em todo o seu corpo. Quando Francisco tinha dez dias, fui a outro médico, que foi ainda mais pessimista.

O tempo foi passando e fui vendo que conseguia, sim, fazer as duas coisas. Entre as mamadas, acompanhava meu pai no médico; às vezes, chorando e dirigindo voltava para casa. Meu peito chorava o leite que meu bebê precisava, eu atrasada, ele esfomeado. Meus olhos choravam a morte que espreitava.

Todos os dias da vida de meu pai eram agraciados pela presença de meu bebê. Ele se apaixonava cada vez mais pelo neto. Até me dizia: "É amor demais que sinto, minha filha. Nunca imaginei que aos setenta anos fosse sentir meu coração assim por alguém".

Quando meu bebê tinha um mês, retomei o consultório. E a ginástica. Precisava lembrar quem eu era para ir adiante. Ajudando meus pacientes, me sentia viva, capaz, firme.

Francisco passou a ir comigo nas sessões de quimioterapia. Eu acompanhava meu pai com calma, não saía que nem maluca para amamentá-lo. Fazia-o lá na clínica mesmo. E me dava um gosto de programa em família quando sentávamos no jardim e ouvíamos os pássaros, nós três. Ou quando íamos cantando no carro até chegar lá.

Meu bebê foi meu oásis. Uma amiga me disse que me sentiria assim com ele. Contemplá-lo me fazia de fato sentir o paraíso bem pertinho.

Por oito meses, meu pai participou do paraíso na terra também. Agora imagino que esteja em outro, com um jardim mais bonito do que o da clínica do Jardim Europa, não mais rodeado por enfermeiros, e sim por seus amigos. Acho que ele esperou até que eu desmamasse meu pequeno para ir. Seu quadro só se agravou quando Cisco tinha sete meses, o que me possibilitou ficar bem perto do meu pai no final, ter boas conversas na cama do quarto, levar Francisco para ver o vovô, cantar com ele suas músicas favoritas, desabafar, me aconselhar.

Enterrei meu pai e voltei para casa. Quando Francisco me viu, um sorriso enorme tomou conta de nós dois. E de todos os amigos que viram a cena. E da minha mãe, agora viúva. Todos os dias ele me entrega esse mesmo presente.

Confesso que há dias em que sinto que meu coração vai explodir de saudade. Mas ele costura meu coração. Ensina-me sobre a força do amor. Sobre essa força reparadora, no sentido de consertar aquilo que parece irreparável. Minha dor convive com seu crescimento de uma forma tranquila. Ela está lá, às vezes quer dominar meu dia. Mas meu pequeno não deixa. Engatinha até ela e me estende a mão. Mostra-me o caminho da esperança. A sala fica verde, pois acabo me sentindo bastante sortuda com o que tenho aqui.

Sim, eu tenho um sol dentro de casa. Ele é maior que qualquer tristeza que faça sombra. Agora não tenho mais meu herói, mas ainda assim me sinto tão capaz quanto qualquer heroína. É o amor que faz isso com a gente. A vida é luta mesmo, pai.

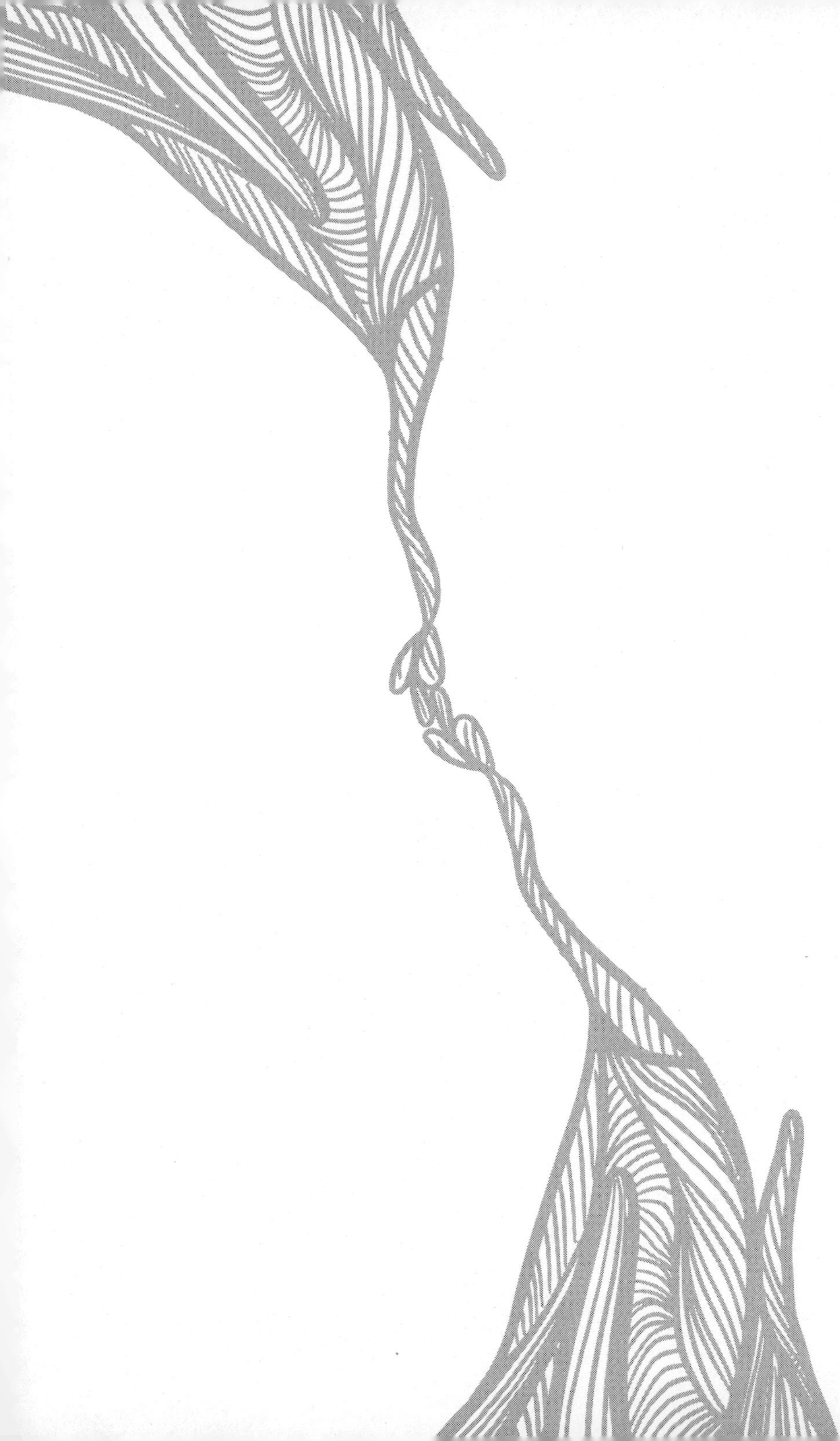

so long, farewell

As verdadeiras despedidas nunca são entendidas na hora.

É que só mais adiante a gente entende que aquele era o último momento de uma história.

Um último suspiro, um último olhar. Um "eu te amo" que caiu bem naquela hora.

Uma piada que quebrou o clima, uma frase que ficou marcada e para sempre vai ecoar na corda do coração.

As despedidas de verdade da vida são mágicas, pois não são qualificadas como tal. Então sai tudo sem ensaio, sem drama. Colorido pelas emoções daquele instante.

Depois, mais para a frente, a gente entende que era um ritual de partida. E, se ficássemos com o gosto do último encontro, e não do adeus, a vida seria tão mais doce.

Mas a gente tem essa mania teimosa de querer controlar até as despedidas. Essa gula de ter só mais um pedacinho...

TEMPORADA DO ADEUS

fragmentos de uma despedida

Ok. Era comigo. As orquídeas da sala de espera, o jardim bem cuidado, o manobrista. Revistas semanais novas bem que tentaram me enganar. A TV de plasma e as cortinas brancas pareciam querer disfarçar. Mas eu li a palavra quimioterapia quando entrei na clínica tão chique da avenida Europa. Não dava para fugir. Era de novo o medo de perder alguém que eu amo tanto. E se aquela maldita placa não fosse generosa o suficiente para dizer que isso também iria passar, como sempre passou? Agora, quando a doença alcançava meu herói invencível, meu pai, como eu deveria responder a tudo isso? E ele, como responderia? Onde eu deveria fincar meus pés com força para que em mim ele se apoiasse? Será que meu amor não seria o remédio que poderia, acoplado àquela maldita placa, segurar meu pai só mais um pouquinho? Pois ele era meu. E doença nenhuma seria forte o bastante para arrancá-lo de mim. Era isso que eu deveria ter em mente para suportar essa fase na qual irremediavelmente minha família se encontrava. Não, não havia como fugir sem antes pedir passagem àquela placa que acima de tudo nos dizia: Pare.

Às vezes não sobra nada além de resignação. Se faltar coragem, falta oxigênio para suportar.

después de todo no somos tan diferentes

A grande questão que torna um tempo de hospital intenso é a semelhança dos olhares. Na porta, tudo o que se vê é sabido. Explico: sabe-se que, se alguém está correndo em direção ao elevador, é porque foi avisado que o médico está no quarto. O que eles trazem nos resultados dos exames são, na verdade, gotas de esperança. Por isso são tão aguardados pelos familiares dos doentes. Espera-se que o médico passe como se fosse capaz de acender o único interruptor de luz – deste que é o verdadeiro mundo das trevas.

A moça da porta que fuma sozinha está com medo. É isso que leio em seu semblante. E só sou capaz disso pois reconheço esse olhar em mim. Estou também com medo, mas esse medo é maquiado assim que entro no elevador para te ver. Olho-me no espelho e dissolvo nas minhas entranhas tudo que sinto. Assim encontro coragem suficiente em mim para ouvir seu diagnóstico. E transmito-a para você, a fim de te dar forças para mais um dia de luta. E meu olhar te diz: acredite em mim que tudo passará.

mais um dia

A gente teve um Dia dos Pais juntos.
Já são 29 que passamos assim.
Mas são dez que você saiu da UTI.
Quatro que você voltou para casa.
E trinta que novas palavras fazem parte de meu vocabulário:
Leucócitos, radioterapia, quimioterapia, Hospital Sírio-Libanês.
Quando eu era pequena tinha medo de monstros, fantasmas e caveiras.
Hoje eu tenho muito mais medo dessas palavras.
Tenho medo que roubem as flores com as quais enchi a casa para nosso almoço.
Tenho medo, mas tenho esperança.
Tenho medo, mas tenho gratidão.
Pois hoje deitei na cama agradecendo e rezei.
Mas o tempo está acabando.
Isso eu sei.

a vida, a caixa de pandora e a caixa de surpresas

Se estou num hospital, o tempo lá fora passa devagar. Estou tão concentrada em te dar todo meu amor, toda minha energia, que esqueço que, na avenida Paulista, há uma cidade cheia de carros confusos, girando, abandonados em meio à escuridão da noite. Tão abandonados quanto eu, sozinha num corredor, esperando o resultado de seus exames. Pedindo outra vez que Deus seja generoso, ele nunca falha comigo. Ainda bem. É por isso que me doo, rezo e aguardo. Sim, pois se tem algo que a doença nos ensina é a paciência, a tolerância e a resignação. Tudo o que não é o meu pai, hoje, pouco me interessa.

Meu amor está todo voltado para ele, só ele.

E, quando estou aqui, me pergunto onde estive esse tempo todo. Como ousei me distrair e esquecer que, sim, a vida também é feita disso. Fico pensando quantas vezes saí vitoriosa deste hospital, com ele ao meu lado. Sinto-me quase ingrata por pedir outra bênção. Mas trata-se do meu pai, e não há como não pedir mais uma vez por ele. Estávamos os dois há cinco minutos lendo mitologia grega: a imortalidade dos deuses. E quando se abre a caixa de pandora e todas as doenças se espalham, o que sobra é a esperança. Esse é o meu deus, imortal: a esperança. É nela que confio, é a ela que sempre entreguei o coração de meu pai. Mas agora, aqui ao meu lado, ele dorme. E ronca.

parecia um balé

Os enfermeiros corriam que nem loucos – roupa branca
Pressa em te colocar na maca
Você imóvel
Eu pensava: agora acabou.
De vez.
Silencio naquela madrugada
Escuridão entrando na minha casa
A maca dura em que você estava preso.
Dali em diante, você nunca mais ia deitar na sua cama macia.
E eu te olhava assustada
Tentava te pedir socorro.
Minha voz não saía.
No fundo estava conformada.
eu sabia que seria irreversível
Daquele dia em diante não ouviria mais sua voz
Nem ia te ver sorrir quando eu entrasse em casa.
Toda vez que abrisse aquela porta seria recebida pelo escuro da sua ausência.
Dali em diante tudo estaria calmo
Cinza
Sereno
Mas por dentro seria roxo.

Por que a dor sangra tanto?
Parece sangue pisado
Sangue que não coagula
Sangue que não circula mais.

o som da terra caindo

As pessoas têm me dito pelo menos uma vez por dia: "Sinto muito".

E minha resposta tem sido: "Eu também".

Mas nem sei se essa resposta dá conta do tamanho da minha dor.

Também sinto muito, vou sentir pela eternidade: "Qual a largura da eternidade?".

Pouco posso falar sobre o que sinto.

Não tem nome.

Quando você estava doente, eu perguntava, para quem já tinha perdido o pai, o que eu ia sentir. Alguém me respondeu: "Um abismo". Talvez seja essa a melhor resposta.

Ou a faxineira que me disse "meus pesos" talvez tenha sido a mais sábia.

Ao te ver doente, fraco, eu sentia um bisturi rasgando meu coração.

Tinha dias que mal te olhava pois não aguentava de agonia.

Mas o que dói mesmo é não poder chamar seu nome, pai. Hoje, ao entrar no carro, fiquei chamando "Pai, pai" em voz alta para não esquecer o tom de voz que eu usava para te chamar.

Era de noite, chovia e a cidade estava daquele jeito que você odiava. Claustrofóbica, cheia de carros aflitos, zonzos, iluminada pelo vermelho dos faróis, pelo negro da noite, pela vibração da metrópole que pulsa. Enquanto chamava seu nome, dirigindo sozinha, me dei conta que nunca mais vou chamar ninguém de pai.

A palavra pai é tão pequena, mas tem uma dimensão tão grande, chega a ser impossível falar com clareza sobre o que eu sinto simplesmente por não poder te chamar mais, é o tal abismo, Pai.

Meu pai.

Meu pai está morto há quinze dias.

Quinze dias longos.

O oxigênio custa a chegar quando acordo.

Pai não combina com morte.

Como se acostuma a viver sem o maior apoio que já conheceu?

É uma sensação permanente de estar mancando.

Quinze dias em que meu filho aprendeu coisas novas que você não viu, pai.

Quinze dias nos quais me lembrei, no primeiro minuto em que abri os olhos, que você não existe mais em nenhum lugar, além de minha memória.

Seu lugar na mesa está vazio.

E seu armário está colorido com suas tantas camisas e dentro dele tem uma nuvem cinza, chamada saudade.

Suas roupas estão passadas ainda, nunca mais serão amassadas, estarão eternamente endurecidas pelo ferro. Adormecidas, imóveis.

Para sempre.

A dor da perda inundou a nossa casa.

E você não viu. Não estava lá para nos proteger.

Fui num velório e a menina chorou tanto quando viu o pai no caixão.

E depois para enterrá-lo ela cantou a música italiana de que ele tanto gostava.

Era "Volare".

Pra ajudar ele a voar bem alto.

Enquanto isso, ele descia para o nunca mais.

Jogou a coroa de flores com o nome da família dentro da cova, para ir junto com ele. Para aquele monte de terra ficar menos marrom.

Para tingir as moléculas de areia que junto com o caixão dele iam se decompor, então se misturar com a terra do mundo todo, e a partir daí o corpo dele era do universo, podia chegar até o deserto do Saara, aquele mesmo grão de areia que por menor que fosse ainda era aquele homem. Aquele que ela chamava de pai.

E, quem sabe numa ventania, esse grão de poeira entrava de novo em casa e fazia um carinho no meu rosto feito quando eu era criança.

Mas a menina era eu, o pai era você e dessa vez eu não podia te contar essa cena triste – como sempre fiz com tudo o que já me tocou nessa vida.

Dessa vez eu não podia compartilhar com você isso que vivi. Eu estava só.

E senti um frio, um gelo.

Uma ausência intensa, maciça. Parecia um ferro gelado marcando meu peito. Feito marca de gado. Ferro da falta.

Eu tenho feito tudo o que sempre fiz, pai. Tenho lutado, como você faria. Seu exemplo está vivo dentro de mim. Essa parte de você é imortal. Sua garra eu herdei.

Com ela que eu conto quando falta o ar quando vejo minha mãe chorar.

Quando não sei se vou suportar.

Ou quando preciso escrever, só para desabafar.

sobre a sobrevivência dos objetos

Um relógio. Os óculos. Uma malha de losango, luvas de couro. Um chapéu que parece de pintor francês. Uma agenda preta. O que sobrou de meu pai foram coisas. Acessórios. As camisas de linho eu dei. O sapato outro dia estava no pé do meu cunhado. O relógio foi para um amigo. Mas no fim o que sobrou dele que posso tocar são acessórios.

Tão engraçado isso da vida. Os objetos não são nada, são apenas detalhes. São menosprezados até por serem materiais. Mas são eles que ficam. Parece que eles se vingam por não terem tido o devido valor, pois agora eles ficam imortais. Confesso que às vezes deixo fora do lugar a agenda só para achar que ele passou por ali.

O que sobra da morte é um silêncio absurdo. Quando passa a dor, o que sobra é calmaria. Mas é uma calmaria sem ruído, que, por sua vez, possui um som assustador, que chega a ensurdecer se contemplado por muito tempo. Devemos nos movimentar a despeito da música que a vida canta.

Hoje esses objetos são tudo que tenho dele. Eu, que tive tanto desse homem, hoje tenho essa saudade que sei que é eterna e esses acessórios.

Quando sonho com ele, acordo feliz, pois é uma nova memória que se faz. Essa semana ele veio. Queimado de sol. Brincou com Francisco, viu ele dar seus primeiros passos. Fiquei feliz a manhã inteira, pois o sonho era tão forte como a lembrança de nós dois viajando de férias.

Ou em casa depois do almoço, quando tínhamos nossas conversas, antes de eu ir trabalhar. Sempre após o almoço ficávamos juntos. Nada podia ser escondido dele naquele horário. Era nosso momento de compartilhar. E era rotina. E era especial. Então, quando sonho com ele, compartilho algo, me sinto transportada para dentro desse momento outra vez. E trago comigo uma nova lembrança, um novo objeto interno – como dizem em psicanálise.

sublimação

A partida de alguém que amamos tem gosto de tempestade. Rasga o peito da gente feito trovão, parece que nunca mais a vida vai ter cor. Durante algum tempo, a nuvem da morte enche a casa, sai dos armários, dos objetos, dos livros e grita nos retratos.

Tudo fica encharcado de lágrima e de silêncio escuro.

A lágrima chove na rotina. Chove um tanto, até que devagarinho vai se dissipando, com a ajuda dessa mesma rotina.

A neblina da morte custa a virar nuvem passageira. Mas a dor vai embora assim de leve, à francesa. Não avisa. Sai aos poucos, diferente da maneira que entra, fazendo tudo ventar. Parte no silêncio, sem alarde, com a gentileza que faltou ao se apresentar. Evapora.

Por fim, o tempo vai ajudando a gente a perceber que as coisas lindas não passam nunca.

São imortais. São eternamente ensolaradas, pois são nossas.

É que o amor é assim, poderoso: chega no céu e acende as estrelas, mesmo as que já deixaram de brilhar. Amor ilumina, renova, reescreve. Protege, feito guarda-chuva.

Hoje eu estou no céu, pai.

E acredito que você deve estar nas nuvens com esse livro.

Esse é o final feliz que inventei para você. Junto da mamãe e de seus netos.

cronômetro

O tempo da saudade
Não é o da realidade
Corre em outra velocidade
Às vezes parece que faz séculos,
E às vezes parece que foi ontem à tarde
Quando a memória límpida do som da tua risada
Invade
Inunda a mente feito tempestade.

Alguns dos textos aqui incluídos foram originalmente veiculados nas seguintes publicações:

Revista *Amarello*
Rumo a Ítaca: edição Futuro, 2012
No hay banda: edição Silêncio, 2012
O céu de Ícaro tem mais poesia que o de Galileu: edição Liberdade, 2013
Quando deixei de te amar: edição Liberdade, 2013
Protect me from what I want: edição Desejo, 2014
Numa terceira margem do rio: edição Fé, 2014
Mrs. Dalloway ou a menina dos cravos: edição Romance, 2015
O que será que me dá?: edição Desejo, 2015
Criptonita: edição Ilusão, 2017
Aurora: edição Travessia, 2019
Normal People (De perto e amando ninguém é normal): site, 2020
Acabou chorare: edição Rosto, 2021
Minha alma cativa: edição Rosto, 2021

Observatório Psicanalítico (FEBRAPSI)
A nossa humanidade, 2020
Extremamente alto, incrivelmente perto, 2020
Quero de novo cantar, 2022

***Blog* da Sociedade Brasileira de Psicanálise de São Paulo (SBPSP)**
Protect me from what I want, 2017
Aurora, 2019
Tudo raia, 2020

Coordenação editorial *Debora Guterman*
Preparação *Maurício Katayama*
Revisão *Amanda Salimon/ a_teia e Bruno Zeni*
Projeto gráfico, diagramação e capa *Vanessa Lima*

Dados Internacionais de Catalogação na Publicação (CIP)
(Laura Emilia da Silva Siqueira CRB 8-8127)

Ciero, Helena Cunha Di.
Instantes de dentro / Helena Cunha Di Ciero ; capa e projeto gráfico, Vanessa Lima. 2ª ed. – São Paulo, Editora Quelônio, 2024. 160 p. ; 14 x 21 cm.

ISBN 978-65-87790-88-6

1. Ficção: Literatura brasileira 2. Literatura brasileira: contos
3. Literatura brasileira: crônicas
I. Ciero, Helena Cunha Di. II. Lima, Vanessa.

13-202417 CDD 869.93

Índice para catálogo sistemático:
1. Ficção: Literatura brasileira
2. Literatura brasileira : contos
3. Literatura brasileira: crônicas
869.93

Editora Quelônio

Rua Venâncio Aires, 1072
Vila Pompeia / São Paulo - SP
CEP 05024-030
www.quelonio.com.br

Os textos deste livro foram compostos nas fontes
Inria Serif e Aptly. O papel utilizado na capa é o
Cartão 250g/m² e, no miolo, o Pólen Bold 90g/m².
Impresso na gráfica Rettec. Tiragem de 200 exemplares.
São Paulo, novembro de 2024.